I0771726

# ENTRE NACIONES Y SOPAIPILLAS

# ERNESTO MIRELES

# ENTRE NACIONES Y SOPAIPILLAS

## UNA NOVELA

ISBN: 979-8-9852303-7-6
Primera edición, enero 2025

Create Sparkle
info@createsparkle.art

*Dedicado a Josefina
y a toda la gente*

# CERO

Las dos iban por el sendero paralelo al desfiladero. Al fondo del enorme precipicio, el abismo se hacía cada vez más profundo, tallado por el incesante fluir del río. Caminaban cuesta arriba de donde pasaba a nutrir la villa de antaño, cuando todos vadeaban para pasarse al otro lado. Pararon para tomar agua. El sol ya estaba pegando fuerte y la sed empezó a arraigarse más allá de las sensaciones físicas. A un lado había unos arrieros arrastrando sus mulas con lentitud; más allá había una banda de campesinos desgastados en la tierra. Al fondo del cañón, las montañas se estiraban entre todas las capas colindantes del cielo.

Siguieron avanzando, impulsadas por algún llamado subconsciente. El desierto que yacía a su derecha daba al infinito, salpicado de arbustos bien acostumbrados a la sequía y de piedras provenientes de una geología antigua. Los colores mostraban la desolación que había perdurado en la intemperie, desteñidos por la insistencia solar. Llegaron a otro sendero sinuoso, que se dobló para subir inextinguiblemente tierra adentro.

Poco a poco se alejaron del desfiladero, el cual empezó a matizarse con la llanura para ocultar la grieta. El paisaje parecía estar a merced de los ejes. Pasaron una serie de piedras y arbustos, idénticos a los previos; un fractal de espacio y orientación. Poco a poco las dos se iban alejando entre sí. Las curvas y colinas ralentizaron la entrada y salida de vista de la que iba adelante, acentuando la separación. Entre más avanzaban, menos la veía. La corriente del río seguía marcando el tiempo, tallando y puliendo a su ritmo.

«¿Dónde estará?», se preguntó, ya lejos de verla.

El sendero empezó a revelar los vestigios de otra época. Las piedras acantiladas en las superficies se mantuvieron firmes ante la boca del cañón, que de pronto se abrió para devorar a los desprevenidos. No pudo alejarse lo suficiente de la orilla para mitigar su presencia, que se extendió como una enorme serpiente en reposo. Las aves se integraron caprichosamente entre las curvas, los vientos desprendieron remolinos fugaces y zumbidos, las nubes difuminaron la infinidad en blanco colmando los pulmones de vida y fragilidad. De repente, sintió la aplicación de todos sus instintos de sobrevivencia, el pánico y el furioso latir de su corazón amplificados por la severidad del todo. El incesante marchar a través del polvo la llevó a revivir algún trauma heredado, tenuemente relegado al olvido, sobre las almas que cruzaron el portal más allá del desierto para desmoronarse en el grano. Vio la cordillera lejana. Sintió la presencia de todos los fallecidos y la ausencia de ella, la viva.

«¿Estuvimos aquí?», parpadeó, abrumada por los bloques de tiempo espacio que la estremecieron como un juego de cubos encima de una esfera. Lo único que podía hacer era seguir caminando con el izquierdo y el derecho, el pie en la arena, una multitud de pasos que a veces no sumaban nada.

«¡No la sueltes!», le suplicaron las voces interiores.

El cañón se impuso como un desafío primordial, era la imposibilidad de llegar al otro lado, de renacer desde un camino no vivido. Al fondo había una tranquilidad familiar que no sabía nada de sed o de pérdida, como una reunión constada solamente en los finales del tiempo. Le apretó la mano no pudiendo ver qué tanto espacio había entre ellas y el acantilado, que amenazaba constantemente con marcar el fin por un mal paso. Fue su mano lo que la mantuvo por encima del abismo. Ella era el lazo entre entonces y el otro lado de la inocencia, la que iba más allá del lento declive en el sendero, que la llevaría a reunirse con el río a través de la inverosimilitud de sus deseos.

De repente, la sensación física de llevar a su hija de la mano se desvaneció al percibirla llegando de lejos. El deshacerse del reloj la entregó al río de antes, a cuando estuvo con ella en los albores de su afán. Ya venía para volver a estar a su lado.

# UNO

José Ysidro nació en la provincia de Nuevo México el tres de enero de 1810. Todos sus datos quedaron bien registrados: su nacimiento; sus papás y abuelos; su casta, criollo. Los papeles decían todo. Todavía era el Virreinato de Nueva España, en los albores del estallido, ya bastante avanzado en su formación, que pronto iba a liberar el cura Miguel Hidalgo y Costilla con su grito eterno e inmortal. Las ondas sonoras del cura Hidalgo fueron grabadas por la naturaleza y amplificadas por la corriente del azar divino, dando luz a la nueva patria.

Años después, a lo largo del tiempo entre el Grito de Dolores y la Independencia de México, para cuando empezaron a llegar las noticias a Chihuahua a través del Camino Real de Tierra Adentro, a una distancia de varios cientos de leguas al norte de la Cuna de la Independencia, nació una niña.

La niña nació de gritos, que fueron la primera metáfora para una vida que se fundió intrínsecamente con el tiempo. Nació abrumada por los llantos que correspondían a un parto insoportable y atroz que de pronto acabó con su mamá, dando lugar a un breve, pero marcado silencio. La mamá se esfumó, siendo despachada al olvido como la abuela y la bisabuela y la tatarabuela de ella. Todas se desvanecieron en la imposibilidad del desierto infinito, que reclama sin piedad a las almas. Afortunadamente, la niña no tardó en colmar el silencio con su propio llanto, otorgando nueva vida, a partir de ese instante, a todas sus madres ancestrales. Su sangre fluyó vigorosamente entre alma y corazón, alimentando todas las capas de su existencia y los rincones de su ser.

Las manos de sabiduría cortaron el cordón con un pedernal sagrado. Entonces, la enjuagaron con aguas del río nativo y la envolvieron en una manta. Con su nacimiento ya había perdido todo vínculo con su pasado, difuminado por los vientos que arrasaron sin clemencia a las eternidades efímeras. Ya no había conocimiento o conciencia de dónde venía o quién era; salvo por las otras, las que estuvieron presentes, las que la vieron nacer, las que atestiguaron.

La niña llegó a ser adquirida y asimilada por la Misión de Nuestra Señora de Guadalupe en El Paso del Río del Norte. La misión fue establecida en 1659 para expandir el dominio del Virreinato, desde su núcleo en la Ciudad de México hacia las amplias tierras de las provincias norteñas a través del Camino Real, para establecer una colonia perdurable y convertir a la población indígena al cristianismo. La niña fue bautizada en 1821 con el nombre María Catarina. Sus padres adoptivos eran Bernabé y Silvestra, ella de buenas intenciones.

El tiempo transitó. La Independencia de México había llegado para cambiarlo todo. Los relojes marcaron el incesante discurrir del cambio tras los extremos del territorio, vislumbrando la distancia entre Dolores Hidalgo y Chihuahua. Pasaron años marcados a lo largo de inundación y sequía; de cosecha y hambruna; de ataques entre las tribus errantes y las villas al margen de echar raíces; de temporadas que oscilaban entre amparo y desamparo, acorde con los relojes de la naturaleza.

* * *

José Ysidro y Bernabé pertenecían a la misma villa, pero fue en un monte de Chihuahua donde se conocieron de verdad, súbitamente involucrados en un aprieto de peligro extremo. José Ysidro iba cabalgando sin prisa o mayor motivo cuando divisó un machete corriente que había caído inútil en el suelo a pocos metros de él. ¡Era la primera señal…! Aunque todavía no lo podía saber… ¡la suerte estaba a punto de cambiar toda su vida!

Recogió el machete y remontó su caballo. Cuando alzó la mirada, observó más allá una banda de tres guerreros apaches rodeando a un hombre que llevaba prendas comunes de la villa. Vio sus mejillas rayadas con color rojo y sus gorros de guerra. Uno de ellos se había apoderado de un saco, que por lo visto pertenecía al hombre. Le apuntaron acertadamente con sus arcos y flechas.

«¡No puede ser!», exclamó. Su corazón empezó a latir furiosamente. Sin tiempo de pensar lo que hacía, sacó su arma de fuego y tiró a distancia.

—¡Malditos!

Furioso, impulsó su caballo con las riendas hacia la banda con máxima velocidad, gritando y fingiendo contar con más hombres, totalmente dispuesto a la guerra. Los agresores no acertaron bien a comprender el movimiento y, aparentemente satisfechos con el bulto que llevaban entre sí, montaron sus caballos y se esparcieron por el monte, difuminándose en las amplias estribaciones que daban a las llanuras, dueños de su tierra. En cuanto se acabó, el hombre se incorporó.

—¡Joven! No os había visto, ¿por qué tirasteis al aire?

—¡No quería darte a ti! —exclamó, resoplando.

—Soy Bernabé Montoya. ¡Eternamente agradecido!

—José Ysidro Armijo. A su servicio.

Allí se quedaron contemplando el acontecimiento que se había intercalado caprichosamente dentro del todo. José Ysidro le entregó el machete y le dejó tomar agua de su cantimplora, mientras hacía unos ajustes a su arma. Bernabé notó enseguida que era muy hábil y fuerte, con los antebrazos gruesos, las manos largas. Había mucha fluidez entre su cuerpo y el arma, como si la herramienta fuera una extensión de su ser. Sus movimientos reflejaron pura sabiduría y destreza. Se quedó muy impresionado y agradecido por todo.

—Joven Ysidro, ¿de dónde vinisteis?

—De la villa.

—¿A qué os dedicáis?

—Soy albañil, obrero y de todo un poco. Mi abuelo fue administrador de una hacienda. Allí crecí.

—Estoy buscando mano de obra…

En ese momento, José Ysidro lo miró directamente y escuchó atento.

—Necesito alguien que sepa de cosas, de gestionar el cultivo de tierras, de muleros y pastores, de hacer casas y, sobre todo, que trabaje bien con la gente. ¿Queréis laborar conmigo?

—Sí, señor Montoya, sería un gran honor.

—Al tercer día os veo en la misión de la villa.

—Sí, de acuerdo.

—¡Estoy muy agradecido! —reiteró.

Se quedaron juntos mirando el paisaje otro rato hasta que llegó el tiempo indicado cuando se despidieron entre sí, los dos asentando con las cabezas. Al tercer día, José Ysidro encontró a Bernabé dentro de una muchedumbre que se había reunido frente a la misión de El Paso, justo al sur del Río Bravo.

—Señor Montoya, buenos días.

—¡José Ysidro! —lo medio abrazó—. Oíd, muchas gracias por lo del otro día en el monte. ¡Os sigo debiendo!

—No, de nada… ¿Qué hacen estas gentes aquí?

—Hoy tenemos una audiencia con el jefe de tierras de Chihuahua. Es nuestra tercera audiencia.

—¿De qué se trata?

—Hay un campo fértil un poco río arriba, a unas diez o doce leguas de aquí. Allí queremos establecer nuestra villa.

—¿Cómo se llamará?

—¡Doña Ana!

—¿Doña Ana?

—¿Os suena?

—Yo estoy listo y dispuesto, señor Montoya.

Se organizaron y empezaron a marchar hacia el ayuntamiento.

—¿Veis cómo están organizadas estas villas?

—Sí, señor.

—Todas conforman el plan de plaza e iglesia, de terrenos bien definidos por una geometría precisa, de paredes gruesas para la defensa, de acequias para portar agua a las tierras para la cosecha y el cultivo… Así vamos a laborar.

Llegaron al ayuntamiento. La bola de gente se acomodó dentro del sitio, donde ya había un discurso activo. Había un escribano sentado al lado, instalado en un mueble, que iba redactando todo lo que fue proclamado. José Ysidro y Bernabé escucharon, desde el centro de la multitud, fragmentos de todas las palabras que fueron emitidas por el comisario y su diálogo con algunos representantes del grupo.

*"… sembrar el trigo… repartir los terrenos a cada uno… a 10 leguas… facilitar con poco trabajo… de agua necesaria para el nuevo poblador… objetivo: el aumento de la población necesaria para la felicidad de un país… que tanto interesa a toda sociedad…"*

Las palabras fluyeron entre ser muchas y pocas, entre rápidas y lentas, a veces dejando de ser para volver una y otra y otra vez más. Así pasaron toda la tarde, oscilando entre la ilusión y el cansancio de no saber a dónde iba a llegar, preguntándose si no iba a dar fruto. Pero no fue así. Las palabras esperadas llegaron ya avanzada la tarde, poniendo fin a las dudas y constatando la que había sido la meta para toda la gente:

*"… otorga el permiso solicitado a los nuevos pobladores de la villa de Doña Ana…"*

Hubo un fuerte rugir de la muchedumbre y una ola de emoción tras la proclamación que se hizo oficial aquella tarde. Bernabé alzó los brazos, vitoreando y celebrando el resultado exitoso con José Ysidro y las otras personas a su lado. Llegaron directamente con el escribano para asegurarse de que todos sus nombres estuvieran bien registrados en el plan.

*"… José Ysidro Armijo, Bernabé Montoya…"*

En total eran 116 personas.

—¿Saben los peligros que involucran con los salvajes de estas tierras?

La pregunta ocupó el espacio por un tiempo breve, lo suficiente para instalarse en la mente de José Ysidro, hasta que el vacío fue mitigado por la primera respuesta desde donde surgió la de todos.

—Sí, estamos familiarizados.

—Estamos listos para defender la villa de Doña Ana.

—¡Doña Ana!

—Solamente debemos partir lo más pronto posible.

—Partiremos cuando termine la temporada pluvial.

—El que no llegue a la hora de partir, ya sea por miedo, por desprevenido o desinteresado, renunciará por siempre a su derecho.

—¡Así será!

—Entre todos lo haremos.

—¡Doña Ana!

El Ancón de Doña Ana fue ratificado y sellado en 1839.

Mucha gente empezó a retirarse. Bernabé y José Ysidro hablaron mientras iban por un camino menor que salía de la plaza.

—¿Qué quería decir con eso de salvajes?

—A donde vamos, río arriba… Los guerreros apaches abundan en todas estas tierras y no podemos contar con la ayuda del ejército mexicano.

—Yo ya sabía eso, señor Montoya, lo del ejército mexicano —dijo, provocando una sonrisa.

—Ja, ja. Mira, nosotros tendremos que vigilar a nuestra gente y a la villa de Doña Ana. Todo lo del otro día…

—Entendido.

—¿Tenéis alguna duda?

—No, señor —constató decidido, para mostrarle toda la confianza—. Ninguna.

—Os veis listo para fundar la nueva villa.

—Ya me estoy imaginando el campo y el río… toda la geometría del sitio.

—Os vais a encargar de eso, de la distribución de terrenos, de asegurar que todos queden conforme al plan. Y, sobre todo, de guardar los títulos.

—Así lo haré, señor Montoya. ¡Gracias por su confianza!

—Allí tendréis vuestro rancho… —Bernabé creó la imagen de la nada, trazando con los brazos en el aire—, ¡El Rancho Armijo!

La ilusión cautivó por completo a José Ysidro.

—Solo que ahora falta una cosa más.

—Dime qué.

Siguieron por una serie de caminos hasta que llegaron a una casa, a la cual entraron.

—Os quiero presentar a mi familia —proclamó orgullosamente—, mi mujer Silvestra y mis hijas, María Catarina y María Eugenia. Familia, venid y dad la bienvenida al ilustre joven, José Ysidro Armijo, a quien le debo la vida.

Silvestra y María Catarina llegaron enseguida, la madre atenta, la hija reservada, ambas muy corteses.

—Mucho gusto en conocerlo, José Ysidro. Bienvenido a nuestro hogar.

—Muchas gracias. El gusto es mío, señora.

—Esta es nuestra hija, María Catarina.

—Mucho gusto, señorita.

Ella asintió sin decir nada.

—¿En dónde está María Eugenia?

—No quiere salir —María Catarina le dirigió la respuesta en voz baja.

Bernabé se alteró de inmediato, claramente avergonzado ante su huésped. Su ademán no ocultaba su descontento con la respuesta.

—Voy a traerla —añadió ella, al percibir su enojo.

Bernabé dejó el tema sin perseguirlo más. La sala era chica, pero decente. Silvestra irradiaba amabilidad y ella ocupó su espacio físico con dignidad y aplomo.

—¿Gustan algo de comer y un aguamiel? —les ofreció ella, con gracia estudiada.

Fue un lunes, doce de diciembre de 1842, cuando se efectuó el matrimonio de José Ysidro y María Catarina. Se casaron en la mismísima misión en El Paso, donde María Catarina había recibido de niña la doctrina de la iglesia.

*"… no habiendo impedimento y precedido el mutuo consentimiento de ambos… examinados por la doctrina cristiana y confesados… fueron testigos del acto y para que conste lo firmo…"*

A corto plazo, se instalaron en la casa de Bernabé. Pronto tendrían su primer hijo. Pero antes, con la segunda luna a partir del matrimonio, se acabaron las lluvias. Ya era tiempo de partir; salvo que solo llegaron uno de cada tres de los registrados. Los demás abandonaron su lugar sin llegar al inicio. Para los demás, ya era tiempo de fundar y sembrar la villa de Doña Ana.

* * *

Jacinto nació en la provincia de Nuevo México en agosto de 1845, en tiempo mexicano. A los pocos días, fue bautizado en la Misión de San Miguel de Socorro, con una gran fiesta en su honor. Todo mundo parecía saberlo desde antes de que naciera; era una persona cuyo camino y destino le iban a otorgar mil y un títulos. Desde el inicio, era el hijo primogénito de José Ysidro y María Catarina, heredero exclusivo de los derechos, papeles y legado de su padre. Mexicano por nacimiento, era una persona del pueblo.

Su infancia coincidió con la intervención estadounidense en México. Tras la proclamación de guerra emitida por el presidente James Polk en mayo de 1846, el ejército de los Estados Unidos invadió México tomando las ciudades norteñas, el golfo y todas las rutas de la frontera. Para septiembre de 1847 ya habían ocupado la capital, alzando la bandera estadounidense en Chapultepec.

El ejército mexicano estaba derrotado. Las firmas y la ratificación del Tratado de Guadalupe Hidalgo pusieron fin a la guerra; el ejército estadounidense se retiró. La frontera previa que se había establecido en el Tratado de Adams Onís en 1819 se trasladó instantáneamente hacia el sur; las provincias de Nuevo México y Alta California se convirtieron en territorio estadounidense. Era un cambio enorme, contundente y decisivo para todo el continente norteamericano. Todos los cartógrafos del tiempo se apresuraron a entender los nuevos límites, que fueron precipitadamente definidos por las coordenadas longitudinales estáticas y por el dinámico Río Bravo, que solía desviar su ruta caprichosamente acorde con la naturaleza que regía todo.

Jacinto tenía tres años cuando la frontera lo cruzó. Su tierra natal, como todo Nuevo México, devino territorio, todavía no incorporado como estado, de los Estados Unidos. José Ysidro, María Catarina y su hijo se quedaron firmes en su tierra, mientras que la nueva frontera se estableció en el Río Bravo. En un parpadeo, Doña Ana se había convertido en una villa fronteriza.

* * *

Doña Ana fue fundada en 1843, todavía en tiempo mexicano. Allí es donde creció el pequeño Jacinto, en la pequeña villa asentada a un lado del río.

En cierto sentido, no todo cambió con el fin de la guerra. El discurrir del tiempo era muy lento en Nuevo México. El dominio de la familia de Jacinto y todos sus vecinos seguía siendo la meseta, el desierto, el Río Bravo y todas las tierras amplias que abarcaba el Camino Real entre El Paso y Santa Fe. Los sentidos percibieron las mismas impresiones del entorno: la infinidad del desierto implacable y los atardeceres de colores desbordantes que hacían cada noche única y especial.

Para Jacinto, la villa de Doña Ana era un lugar extraordinario que estaba lleno de magia. Él vivía con su mamá y papá en una casa de adobe donde comía y dormía, donde jugaba. Salía de su casa y sabía dónde estaban todos los otros niños de la villa. Se iba corriendo a la casa de su amigo Estevanico, otro niño que tenía su edad, y jugaban de todo. Salían a correr por toda la villa, que para ellos era un laberinto dinámico unido a la tierra; corrían entre los rincones y los caminitos que delineaban Doña Ana. Jugaban al escondite, jugaban hipitayoyo, trepaban los árboles que había y las casas. Se metían en cada espacio que brindaba sombra y leyenda. Buscaban tesoros cavando pozos con palas y cubetas; coleccionaban piedras y palos, los buenos valían mucho para ellos, pues fácilmente los convertían en algo más como flechas, herramientas, armas, lanzas, espadas… Si encontraban uno que les gustaba se lo llevaban consigo por unos días. Eran albañiles de su propia villa. En la temporada de calor jugaban en las sombras de las casas, se inclinaban sobre una pared o se sentaban a dibujar en la tierra con los mismos palos; se fijaban bien en los ángulos de las sombras, midiendo el tiempo discurrido hasta que la sombra recorría cierta distancia. Así pasaban las tardes. En las mañanas se iban a correr en el pasto o se subían a la meseta para divisar todo el paisaje. O se iban al río, con las mamás y los papás y los otros niños de la villa, para bañarse o para jugar en el agua.

Jacinto y Estevanico se pasaban el día jugando, mientras que sus mamás y papás, vecinos, hombres y mujeres, adolescentes, niños más grandes, abuelos e incluso los bisabuelos trabajaban en la villa. Ellos se dedicaban a hacerse la vida. Establecieron las casas conforme a la fórmula dictada en los títulos otorgados por México. Los terrenos eran rectangulares, de medidas muy precisas, y era extraordinario para los niños ver las casas siendo construidas en vivo, adquiriendo forma y extendiéndose hasta que ocuparan los espacios otorgados dentro de los límites del plan. Los albañiles nunca se desviaron de la fórmula establecida en los títulos.

—¡Mira esa casa nueva!

—Sí… ayer no era casa.

—Mira la casa de allá. Todavía no es casa, pero otro día va a ser una casa nueva.

—Allá también va a haber una nueva casa.

—¿Hasta dónde llegarán las casas?

—No sé… Vamos a ver.

Empezaron a caminar por toda la villa, fijándose en el andamio establecido por los obreros que delineaba todos los terrenos.

—Una, dos, tres, cuatro, cinco casas…

—Una, dos, tres, cuatro, otra vez cinco casas.

—Una, dos, tres…

—Espera, esas todavía no son casas. Todavía las están haciendo.

—Creo que aquí va a haber otra casa.

—Aquí también.

—Otra casa y otra casa.

Así avanzaron hasta que llegaron a una de las paredes exteriores. Entonces dieron la vuelta y se regresaron por otro camino.

—Yo veo una casa en el río.

—Allá hay otra casa en el río.

—Esa casa es para los caballos.

—¿Cuántas son?

—Una, dos, tres, cuatro, cinco, otra vez cinco.

—Yo creo que esa no es una casa.

—Todavía no es una casa.

—Esos solamente son palos.

Las manos que trabajaron en fundar la villa eran muy sabias. Entre la gente estaba su abuelo Bernabé, quien vivía a pocas casas. Él dirigía mucho del trabajo y obraba en la villa todos los días, salvo los domingos, que eran días de descanso. También estaba María Eugenia. Era una persona de pocas palabras, pero siempre estaba trabajando o involucrada en algo; asistía a los partos y a los entierros; atendía a los enfermos; y cuando se desocupaba de esto, fácilmente se ocupaba con menesteres de la familia, tejiendo, trabajando en el pasto o en la cocina. Dormía pocas horas de la noche, pero sí se tomaba la libertad de reposar las tardes mediante una siesta. También salía a hacer visitas, pasando desapercibida por José Ysidro y Bernabé, mientras ellos se ocupaban de sus ambiciones lejos de allí.

Las paredes exteriores de la villa eran muy gruesas, servían para mitigar los ataques y para ser una capa de defensa contra las incursiones bélicas. Dentro de esta pared, empezaron a erigir la iglesia en frente de la plaza central de la villa. También hicieron las presas para mitigar los trastornos del río y la acequia madre, que alimentaba a una enorme red de acequias menores para asegurar que hubiera agua para el pasto, para sembrar trigo y maíz, para hacer crecer su huerto y mantener su ganado de animales que incluían vacas, caballos, burros, perros y gallos. Tallaron muchas de sus herramientas, palancas y muebles de los álamos que crecían cerca del río; estas las utilizaban para excavar los arroyos y acequias. Era trabajo muy arduo y prolongado porque había mucha raíz, yuca, mesquite y nopal mezclado con la tierra, pero lo hicieron con entusiasmo y fe. Todo el trabajo empezaba muy temprano, con la primera luz del amanecer.

Así se fundó la villa de Doña Ana. Cuando la acequia madre entró en función, ¡empezó a crecer y a prosperar!

* * *

Llegó un tiempo en que el papá de Estevanico se reunía con algunos vecinos y se iban a trabajar en la otra villa, un poco al sur de Doña Ana. Se iban por el Camino Real, cruzaban el Río Bravo y allí en el valle, no lejos del agua, empezaron a hacer una nueva red de acequias, iglesia, plaza y más casas de adobe. Igual que en Doña Ana, eran casas modestas y dignas de una habitación, que funcionaban bien y mitigaban las fuerzas de la intemperie. Así se fundó la villa de Mesilla.

Jacinto y Estevanico pasaron muchos días jugando en la nueva villa. Se sabían todo el camino y se hicieron expertos de todo. Sabían dónde era mejor cruzar el río, algo que hacían con la facilidad y destreza que les propiciaba su edad. Cuando había un río sereno vadeaban con seguridad hasta el otro lado. A veces se cruzaban por uno de los puentes peatonales, que consistía en unos troncos y palancas bien ligadas, como un penacho o un collar que había improvisado la naturaleza y la sabiduría de las manos para sostener el paso de las personas, dándole forma y función. Estos puentes se utilizaban hasta que fueran derribados por una inundación o tormenta y reemplazados por otros cruces. Además, en aquellos tiempos era muy sencillo conseguir una carreta o incluso una lancha que los llevara de paso entre las dos villas, río abajo, río arriba.

A veces, llegaban a escuchar a los papás decir que Mesilla era México y que Doña Ana era Estados Unidos. Había muchos mexicanos entre toda la gente de allí y muchos de ellos querían seguir viviendo en México y por eso se fueron a Mesilla para hacer su casa y su vida y pasar su tiempo allá al otro lado del río. Era toda una zona fronteriza. Jacinto y Estevanico se subían a la meseta de Doña Ana desde donde podían divisar el río y la tierra firme que yacía del otro lado.

—¡Allá está México! —decían, con tintes del mismo afán y misticismo que escucharon decir a algunos de sus vecinos en Doña Ana.

En la capa real, no notaban ninguna diferencia entre Mesilla y Doña Ana. Eran niños. Todavía veían a las personas y a los distintos lados iguales, sin prejuicio.

Las manos que trabajaban se siguieron empeñando, con entusiasmo y diligencia, para hacer crecer a las dos villas, a pesar de la frontera nacional que los dividía. Compartieron las mismas raíces, la naturaleza, los cantos de las aves, el sol y el agua. Era fundamental que los niños siguieran yendo y viniendo entre los dos lados, cruzando el río a su gusto, jugando, sembrando lo que otro día sería una nostalgia por el tiempo espacio de su niñez. Alzaron la bandera mexicana en la plaza central un sábado, al estruendo de los músicos que desprendieron su máxima pasión y la fiesta cuyos ecos retumbaron en las colinas cercanas.

*  *  *

Una mañana fresca en Doña Ana vieron a unos jóvenes de 15 o 16 años, que estaban ayudando a unos de los señores de la villa, trabajando en el techo de una casa. Se les quedaron mirando por un rato y se inspiraron por el esfuerzo y la disciplina de los jóvenes. Llegaron directamente con ellos.

—Nosotros también queremos ayudar.

Los adolescentes se les quedaron mirando; la oferta había sido registrada y se tomó con respeto. Pasó otro rato hasta que un hombre llegó con ellos.

—Nosotros podemos ayudar —repitieron con calma.

—Muchachos, para empezar, pueden llevar una tina de agua a la familia Lucero, donde acaba de nacer el bebé Panchito.

—Bueno. ¿Y luego qué?

—Entonces pueden llevar a Juanito al pasto y dejarlo amarrado allá donde está la cerca por el potrero…

—¿Quién es Juanito?

—Aquel burro manso es Juanito, el gordito.

Eran tareas sencillas y los niños buscaban algo más.

—¿Y luego qué?

—Venga, señor…

—Estevanico.

—Estevanico… y señor…

—Jacinto.

—Estevanico y Jacinto. Primero hagan esas dos tareas y luego regresen conmigo.

—¿Usted cómo se llama, señor?

—Mi nombre es Florentino, pero todos me llaman Tino.

—Muchas gracias, señor Tino.

—No hay de qué.

Se vinieron los aguaceros esa tarde y toda la villa se la pasó tomando una siesta, salvo María Eugenia, quien fue ocupada por José Ysidro en un trabajo de última hora en el campo. Al otro día regresaron con el mismo señor Tino. Todos los gallos de Doña Ana estaban cantando y se había despejado el cielo.

—Muchachos, buenos días. ¿Listos para trabajar?

—Sí, señor.

—Primero vayan a atender a la familia Lucero y a Juanito, en ese orden, como hicieron ayer.

—¿Y luego qué?

—Muchachos, ¿ustedes pueden contar?

Los dos se miraron sin decir nada.

—A ver, enséñenme las dos manos.

Jacinto y Estevanico extendieron las manos como les pidió.

—Ahora, ¿cómo se llaman los dedos?

—Pulgar, índice…

—No, no, no muchachos. Aquí los dedos se llaman uno, dos, tres…

—Uno, dos, tres, cuatro, cinco, seis —interrumpió Estevanico, hasta donde paró.

—¿Ahora que falta? El siete, el ocho, el nueve, y…

—El diez.

—Uno, dos, tres, cuatro, cinco, seis, siete, ocho, nueve, diez.

—Ahora tú.

—Uno, dos, tres, cuatro, cinco, seis, siete —allí paro.

—Casi lo tienes. Ayúdalo, Jacinto.

—Uno, dos, tres, cuatro, cinco, seis, siete, ocho, nueve, diez.

—Ahora tú.

—Uno, dos, tres, cuatro, cinco, seis, siete, ocho, nueve, diez.

—Otra vez.

—Uno, dos, tres, cuatro, cinco, seis, siete, ocho, nueve, diez.

—¡Eso! Ahora vengan conmigo.

Caminaron por un rato hasta que llegaron a la orilla de la villa, donde estaba el andamio de una casa.

—Estevanico y Jacinto, quiero que midan con mucho cuidado lo largo y lo ancho de esta casa.

—Sí, señor —respondió Estevanico, sin contemplar el cómo.

—¿Y cómo la medimos?

—Con las medidas de vara que están allá. Y cuando sobre, entonces con los pies… —empezó a marcar los pasos mientras caminaba—. Pero fíjense, entre los dos deben coincidir. Con las varas, así, siempre contando con los dedos. Con los diez. ¿Entienden?

—Sí, señor.

—Sí.

—¿Y luego qué?

—Entonces quiero que vayan a trazar las mismas extensiones en aquel terreno. Todos los espacios, lo largo y lo ancho del terreno deben de conformar esta casa. Todos deben de ser iguales. Van a marcar la casa con las varas, como aquel terreno que está allá. ¿Entienden?

—Sí, señor Tino.

—¿Y tú?

—Sí, señor.

—Bueno. Y luego regresan conmigo.

Así trabajaban. A través de todo el empeño colectivo, la bondad de las tierras fértiles, del río y la vigilancia constante por los ataques de las tribus exteriores, las temporadas llevaron al paulatino crecimiento de Doña Ana y Mesilla, y para la familia Lucero, el orgullo de ver crecer a su bebé Panchito.

Para el quinto cumpleaños de Jacinto ya habían sembrado abundantemente los pastos y establecido los rituales de cultivo en el Rancho Armijo, que don Ysidro había fundado en las tierras que se extendían con languidez desde la villa de Doña Ana hacia el sur.

* * *

José Ysidro despertó, respondiendo a algún llamado o susurro que provenía de la naturaleza. Dejó la puerta exterior de la villa y se fue, apartándose del amparo, sometiéndose a la profundidad de los senderos que le eran tan comunes; tanto que todo lo que pasó y lo que había existía en tiempo simultáneo. Sus pupilas se abrieron por completo, el resplandor del firmamento recayendo nuevamente sobre la geometría de la noche. Llegó a la orilla de la meseta donde había una casa antigua, abandonada ya por mucho tiempo. Oyó las olas estrellándose contra las piedras que yacían en las riberas de abajo. Empezó a descender por entre las capas de adobe y de su conciencia, acompañado por un dolor muy agudo y constante en su lado derecho, hasta que dio con la salida que daba al agua. Vio que las corrientes empezaron a llegar muy fuertes, como flechas, desprendiendo la furia del Río Bravo. Algunas de las piedras del otro lado parecían emitir su propia luz, envolviendo a José Ysidro en una esfera de energía cada vez más agitada. Sacó su pistola. ¡Había un tesoro en medio de las piedras! Todo cambió tan pronto pisó el suelo de la ribera. Una piedra se incorporó y empezó a moverse. Y luego otra. Y otra más. Eran los guerreros temidos, que se habían fundido con la naturaleza e integrado a la tierra para esconderse. Estaban fuertemente armados y tenían las caras pintadas de unos colores y motivos imposiblemente terrestres.

«Malditos del infierno… ¡Emboscada!», exclamó. «¡Es una emboscada!»

Despegaron muy acelerados de su origen, rápidamente acortando la distancia. Trató desesperadamente de hacer algo, ¡ya no encontraba su arma!, las manos lo adivinaron con el chaleco vacío. Fue entonces cuando vio el parpadeo de unas linternas a la distancia. Allí estaba la hacienda de su niñez, en Chihuahua, reposando tranquilamente en un silencio propiamente suyo. Allí estarían todos los vaqueros, pastores y sirvientes, bien velados por el centinela de la noche; allí de seguro estaría su abuelo. Qué sensación de paz. Pensó en adentrarse en la hacienda, como si nada, y buscar a su abuelo cuando una serie de flechas vertiginosas reventaron su costado derecho, entregándole una herida decisiva. El dolor de antes se hizo insoportable, su cuerpo quedó echado sin remedio.

El tiempo parecía detenerse para dejar a su conciencia hacer la transición. Se quedó mirando el amuleto, que evocaba el resplandor de mil soles. Era lo único que había. Pensó que lo habría dejado caer uno de los guerreros, pero entonces se dio cuenta de que era suyo, una reliquia heredada de la hacienda. Al tomarlo, sus manos se endurecieron como las piedras, ya no las podía mover. Los conquistadores regresaron y desenvainaron sus espadas, haciendo una declaración en su contra.

«¡Español…! ¡¡Hablan español!!»

—José Ysidro —irrumpió una voz ajena al escenario.

Sus brazos empezaron a fluir como la corriente.

—José Ysidro... —sintió las manos ajenas que lo sacudieron— despierta...

Mientras se filtraba la luz divisó a la mujer apache que lo había devuelto a la seguridad de su suelo en la villa. Ella se fue, dejándolo devenir a su tiempo. La visión del amuleto fue paulatinamente abrumada por el sol ascendente, disimulando el presagio que se había arraigado muy bien en su ser.

* * *

Una tarde, Jacinto y Estevanico anduvieron en el campo donde cultivaban las fresas. Ya habían pasado el abono y se habían regado con mucho esmero, pero esa tarde ya estaban a punto; empezaron a cosechar las fresas a mano entre los dos, llegando a colmar varias canastas de fruta. También se atiborraron los dos, disfrutando de las fresas que eran tan jugosas y deliciosas.

Sin darse cuenta de lo que estaba pasando, el bienestar de Jacinto súbitamente empezó a desmoronarse. Se sintió abrumado por el sol y el calor. Entonces sintió unas comezones muy fuertes que surgían desde el interior de su cuerpo y que irradiaban sobre todo por sus brazos, su cuello y su cara. Sintió la garganta bien seca y cerrada, como si no pudiera tragar. Estevanico notó que algo raro se había adueñado de Jacinto, pero no sabiendo lo que era, tomó las canastas de fruta y sugirió que se fueran de regreso a la villa. Necesariamente lentos fueron los pasos, debido a la condición de Jacinto. Atravesaron todo el campo hasta que llegaron al Camino Real, que los llevaría de regreso a Doña Ana. Allí estaban cuando de casualidad pasó un comerciante curioso.

Para entonces ya era común encontrarse gente en el camino, desde la Independencia de México se habían abierto todas las rutas al comercio global. Ya estaban acostumbrados a ver toda variedad de comerciantes que venían de lejos con todo su bulto de mercancía, a familias viajando en carretas, jinetes, caravanas, personas que andaban a pie, todos los buscadores de oro, emprendedores, vaqueros, soldados y todas las otras personas que iban o venían con su propio tema o agenda.

El comerciante vio a los niños y llegó directamente con ellos. Jacinto ya se veía casi desmayado con toda la cara hinchada. Tomó su sombrero y empezó a abanicarlo, sentándolo en la sombra propiciada por su vagón.

—Toma —le dijo con voz sencilla, dándole su cantimplora.

Era un sabor ajeno, un poco amargo, ni caliente ni frío.

—Toma —volvió a decirle.

Jacinto le dio con toda su fe. El líquido empezó a lubricar las membranas de la garganta que se habían atorado dentro de sí. Dio un trago, descansó, dio otro trago y luego otro, descansó. Estevanico estuvo a su lado y se quedó mirando todo.

—No es agua, ¿verdad? —le preguntó, mirándolo directamente a los ojos.

—Correcto. No es agua.

—¿Qué es?

—Es té de la India.

Nunca habían oído de eso.

—¿Té de qué india?

—Té de la India del Oriente.

—Ah —dijo, sin conciencia de lo extraordinaria que había sido su fortuna.

Pasaron unos minutos.

—¿De dónde son, muchachos?

—De la villa —le dijo Estevanico, señalando más adelante en el camino, hacia el norte.

—¿La villa de Doña Ana?

—Sí.

—¿A cuánto queda de aquí?

—Un poco más allá, donde el río vuelve a doblar.

Pasaron unos minutos más. El cielo estaba totalmente despejado y el sol empezó a tenderse hacia el occidente.

—¿De dónde es usted?

—Vengo de un lugar que no sabe nada de Doña Ana.

—¿Está lejos?

—Sí.

Estevanico estaba consciente de la hora. Sabía que tenían que regresar a la villa antes del anochecer, debido a una regla absoluta que les habían impuesto todos los papás. Era peligrosa la noche. Se quedó mirando al comerciante con curiosidad. Llevaba un traje y chaleco, con pantalones negros y un sombrero de copa. Sus zapatos de piel y su ademán eran polvorientos, pero dignos. Tan pronto como Jacinto empezó a recobrar su ánimo y energía, se incorporaron los tres y continuaron caminando.

—¿Qué tan lejos?

—Si le damos hacia donde yo venía, más allá de la montaña y el río, más allá de Chihuahua, más allá de todos los cerros gordos apartados de antaño, hasta donde los días y los años se difuminan en un solo lienzo, allá me encontrarán transitando en las encrucijadas lejanas, donde los vientos del cambio llegan intempestivos, donde las aguas del bello mar empiezan a surgir, donde las olas brotan para acariciar las heridas de la tierra.

—¿Usted ha visto el mar?

—Sí.

—¿Está bonito allá?

—Sí, lo está… Pero aquí también es bonito.

El horizonte ya estaba empezando a filtrar los matices extraordinarios, anaranjados, amarillos y azules del crepúsculo cuando llegaron los tres a Doña Ana. No tardaron en encontrarse con el padre de Jacinto, con quien hubo un intercambio de agradecimiento, de bienes y comida por parte de José Ysidro y, naturalmente, de té de la India.

—Muchas gracias por ver por Jacinto, mi hijo, heredero de todas estas tierras. Estoy en deuda con usted y eternamente agradecido por su alta bondad, que me lo ha regresado sano y salvo.

El comerciante recibió los regalos y las gracias de José Ysidro. Se quedó a dormir en la villa, retomando la jornada con la primera luz del día siguiente. Nunca volvieron a escuchar de él.

*  *  *

—Leonor, ¿qué tal si empezamos contigo? Pronuncia aquí, por favor —le pidió Jacinto a la niña, apuntando al silabario con el dedo índice.

—RE-BO-ZO.

—¡Leonor, qué bien lo hiciste! Ahora repitan todos, RE-BO-ZO.

La primera escuela en la villa de Doña Ana fue establecida por la señora Abeita. Una tarde, Jacinto y su mamá estaban sentados en el tronco de un álamo frente a la plaza, aprovechando la sombra de un agosto, cuando ella pasó a verlos.

—¡Buenas tardes, señora Armijo!

—¡Señora Abeita! ¡Qué sorpresa!

—¡Hola, Jacinto!

—¡Hola!

Jacinto se levantó para saludarla y dejarla sentarse en su lugar.

—Siéntese, por favor.

—Gracias. Vengo a decirles que este lunes voy a abrir la escuela en la mañana; la casa ya está lista. Tengo sillas para ocho niños; tengo papel, tinteros y plumas, también tengo libros. ¡Estoy lista para recibir a los niños de Doña Ana!

—Muchas felicidades, señora Abeita.

Unos niños y niñas pasaron por allí e invitaron a Jacinto a saltar la cuerda con ellos.

—Ahí voy —les dijo, sin moverse, interesado en lo que les estaba diciendo la señora Abeita.

—Acabo de recibir unos libros de poesía y de cuentos para niños, de México y de los Estados Unidos. ¡Les vamos a enseñar a leer y a escribir!

—¡Qué honor y privilegio para toda la villa contar con su bondad y su enseñanza!

—¡Muchas gracias! Un vecino me dio sus tambores y unas flautas, porque también nos vamos a dedicar un poco a la música. Mi gran sueño sería algún día tener un piano para la escuela.

—Espero que un día se cumpla su sueño.

—¡Qué amable!

—Jacinto, ¡te necesitamos para los caballitos de niños y niñas! —le gritaron de la calle.

—Ahí voy —les gritó.

—Adiós, Jacinto. Entonces, ¿te veo el lunes?

—¡Sí!

—Fabuloso. Por favor, diles a los demás que se vengan a la escuela el lunes. ¡Estoy muy emocionada por tenerte en mi salón!

—¡Gracias!

Jacinto salió corriendo para integrarse al grupo. El azar los llevó a hacer un juego no muy coordinado de las traes, seguido por varias rondas muy cautivadoras de hipitayoyo, seguido por un enorme escondite alrededor de la iglesia, nunca realizándose el juego de los caballitos. Para cuando regresó, mucho más tarde, su mamá y la señora Abeita todavía estaban sentadas en el álamo, disfrutando con languidez de la serenidad del atardecer.

Al otro lunes, la escuela de la señora Abeita empezó en su casa, en la sala. Desde luego que estaba llena de niños y niñas de todas las edades. ¡Apenas cabían! Había niños chicos de entre dos y tres años, otros de entre cuatro y cinco. También había niños mayores, incluyendo dos niñas que Jacinto había reclutado a susurros mientras estaban escondidos en el rincón de una casa que iba a medias. Todas las lecciones brindaban la calidez, el buen ánimo y la inspiración de la señora Abeita. Jacinto, por su parte, era muy apto para la escuela; en cuanto dominó el abecedario y el silabario, ella lo alistó como asistente.

—Ve y llévate a Carmen, a Ynocente y a Leonor aquí afuera y ayúdalos con la tarea —le pidió un día—, los demás vamos a permanecer sentados para repasar las vocales.

Jacinto tomó el silabario y se llevó a su grupo para afuera.

—¡Ahora sí, Carmen! ¿Estás lista? Pronuncia aquí, por favor.

—CA-BLO.

—A ver, esta palabra es más difícil, vamos a tomarla despacio. Empieza otra vez, por favor.

La niña desvió su atención y se quedó mirando una carreta pasando por la calle, resaltando un pequeño lunar en uno de sus ojos, dentro del iris.

—Carmen, aquí estamos, por favor.

—CA-BA —sonrió la niña hasta donde llegó.

—Carmen, todavía falta una sílaba. ¿Qué sílaba le falta? ¿Quién la quiere ayudar?

—CA-BA-LLO.

—Muy bien, Leonor. ¡Tú ya te sabes todo esto! Fíjate bien, Carmen, este es el LLO. Ahora repite, CA-BA-LLO —le mostró sin prisa, apuntando todas las sílabas.

—CA-BA.

—LLO.

—LLO.

—CA-BA-LLO —resumió, apuntando al frente de la carreta.

—¡Allí un caballo! —proclamó en su voz natural, tapándose la sonrisa con las manos.

Meses después, la mano de obra que siguió trabajando con tanto esmero llegó a entregarle a Doña Ana su primer salón de baile. Era un espacio enorme, a un lado de la iglesia, que procuraba dar lugar a funciones, reuniones, tertulias, fandangos y todo tipo de entretenimiento aleatorio, obras de teatro espontáneo, música y poesía. ¡Qué suerte para la escuela! Como ya eran muchos niños y niñas para la casa de la señora Abeita, tan pronto como estuvo listo el salón, se trasladaron allí. Para hacerlo oficial, llegaron por una última vez a su casa y luego se fueron en un desfile caminando al nuevo salón, donde hubo una fiesta en su honor con los familiares.

A partir de entonces, la enseñanza evolucionó. Ensayaban los colores, figuras y tamaños, el abecedario en inglés y español, ortografía y caligrafía. Trabajaban los números, porciones, aritmética sencilla, el calendario y el tiempo. Además, había mucho desarrollo aplicado con tejido, poesía, música y coro. En cuanto creció, la escuela fue refinando su ritmo cotidiano y anual para alinearse con las fiestas, las temporadas de cosecha, las estaciones y el discurrir del sol. Diciembre siempre era un mes muy feliz en el que se involucraban en la emoción de la Navidad, las posadas y los tamales que daban para toda la villa en la plaza.

—Ynocente, ahora vamos contigo, amigo. Pronuncia aquí… —le pidió, el panorama al fondo dotado de ganado levemente vigilado al azar de unos pastores.

—O… VA… VA…

—Ya casi la tienes, Ynocente. Aquí está la O… aquí está la VE… ¿Y aquí…? ¿Cómo se pronuncia esta sílaba aquí?

—¡Jugar!

—JA. Di JA.

—O-VA-JA. ¡Jugar!

—Ahora no es tiempo de jugar, Ynocente. Primero, fíjate muy bien en la segunda sílaba, que es la VE por la vocal E. Ahora repite, VE.

—VE.

—Otra vez.

—VE.

—Ahora todo junto… O-VE-JA.

—O-VE-JA.

—Otra vez.

—O-VE-JA.

—Ynocente, ¡qué bien lo hiciste! Ahora repitan todos.

—O-VE-JA.

—¡Oveja y jugar!

* * *

Con el crecimiento de Doña Ana no tardaron en establecerse las primeras tiendas de abarrotes y mercados; también había una taberna con alojamiento para los viajeros. Pero las opciones mercantiles en la villa eran muy limitadas. Tenían que viajar para acceder a todo el comercio global, ¡para conseguir té de la India! Desde que era chico, Jacinto se había acostumbrado a hacer viajes con su familia. Siempre iban o venían. Por un lado, se iban a El Paso y a Chihuahua, por el otro, a Socorro y a Albuquerque hasta Santa Fe. Como todavía no había llegado la diligencia o el tren, en aquellos días todo iba en caravanas de carretas o vagones tirados por caballos o burros en el Camino Real, por lanchas o barcos en el Río Bravo o incluso a pie.

Hubo una vez en que venían de regreso de Socorro. Habían bajado por la Jornada del Muerto, un atajo del Camino Real que se apartaba del río para ahorrarse días de viaje. Era un trecho muy peligroso, sin agua y sin pasto, que pasaba por tierras disputadas. Siempre había leyendas corriendo entre la gente sobre la última masacre de viajeros desprevenidos que fueron atacados en el camino marcado por las cruces o que desaparecieron en la infinidad de las dunas. A pesar de lo arduo que era el camino, Jacinto admiró cómo las personas mayores siempre lo hacían con valentía y estoicismo, sin mostrar ningún dolor físico o temor, sin preguntar cuándo o dónde se iban a parar, sin quejarse del calor o la sed. Siempre parecían estar preparados para lo que venía con armas de fuego, herramientas, prendas, provisiones, monedas de plata y de oro, aguardiente y mezcal corriente.

Aquella vez pasaron de noche por un campamento. Ya iban muy fatigados y todavía les faltaba otra jornada para llegar a casa, así que decidieron parar y reposar. Había decenas y decenas de personas allí con su ganado y pertenencias. Era una comunidad aleatoria de familias, comerciantes, exploradores, borrachos, perros, soldados, curas, estadounidenses, mexicanos y personas de los pueblos nativos que se habían reunido al azar para acomodarse en el tiempo espacio y ocupar la noche. El núcleo se concentraba alrededor de una enorme hoguera, mientras que otras personas se extendieron a lo largo de la tierra, paralelo a la fila de vagones. Jacinto y su familia se acomodaron a cierta distancia de la fogata, pero lo suficientemente cerca para que él pudiera distinguir entre las lenguas y las voces. Unas en español dominaron el escenario, pero también se escuchaban muchas voces en inglés y en otros idiomas que no podía bien precisar, algunos lenguas nativas, otro posiblemente francés.

María Catarina y María Eugenia se acostaron luego luego, ambas fundidas por tanto viaje, pero bien acomodadas entre sus sarapes y unas mantas de algodón. Su padre se alejó de ellas y se sentó al lado de donde había dejado sus armas de fuego. Allí se la pasó pelando tranquilamente unos piñones y nueces y comiéndoselos a la vez, mientras vigilaba el campamento. El aullido de los coyotes a cierta distancia dio la entrada a la profundidad de la noche.

—Duerme tranquilo, Jacinto.

Se acomodó en sus propias cobijas, escuchando lo que se decía, poco a poco sintiéndose arrullado por las voces y las llamas, por la presencia de su padre y de toda la gente.

«Se sabe bien lo que se cuenta de este atajo, la Jornada del Muerto, que está bien perfilada por todas las tierras colindantes. Pero menos se cuenta lo del otro camino que se desvía de este más al norte, como una jornada tierra adentro del río. Es un camino oculto, la entrada arrasada por el tiempo, un sendero difuminado por las fuerzas que circulan de noche. Se dice que el sendero da a una serie de cuevas que se apartan paulatinamente de la superficie, profundizándose en el interior. Las vías oscuras y estrechas que carecen de rayos solares guardan todas las ondas sonoras que surgen de allí. Hay una secuencia de vías que dan a un portal que supuestamente se abre para recibir el espectáculo de un enorme hoyo subterráneo. Allí es donde yacen en espera todos los tesoros que fueron escondidos por los descendientes de los indios que atestiguaron las masacres del valle de México. Estamos hablando de joyas, plata, oro… tesoros inimaginables, que suman mil más mil veces lo que le llevaron al rey de España. Pero ningún mortal ha podido encontrarlo o adivinar la secuencia precisa para llegar.»

«Del abandono, ¡desgraciado!»

«¡Suena como la Sierra del Olvido!»

«No… ¡Es la Cíbola!»

Hubo alguien que llegó a dar más leña y agitar el fuego.

«Había una persona que sí adivinó el inicio del sendero. Avisó que lo deberían de esperar al otro lado de la luna llena y se fue marchando en el desierto. Pero nunca salió. Cuando el hijo se enteró de que no había salido acudió desesperado por encontrarlo, tomando las riendas y sometiéndose a la profundidad del desierto. Todos los vientos y los polvos lo tenían desorientado, tergiversados todos los sentidos. Por una suerte de suertes, cuando estuvo casi a punto de abandonar la ruta en donde iba, encontró una cantimplora olvidada hace tiempo que llevaba las iniciales de su padre, acentuando la urgencia de encontrarlo. Ya había perdido el saldo de todos los días y de cuántas lunas llevaba atravesando el desierto… busca y busca… pero como se sabe, las tierras son severas. Todas las vistas empiezan a aproximarse y la mente ya no puede distinguir el camino o el progreso. El hijo veía cada orientación igual. Pasó más días improvisando su ruta para evitar un mal encuentro o un fin repentino, cuando por fin llegó, por fin, por fin al laberinto de cuevas. Para entonces, el padre había salido por el otro lado, deambulando sin sentido, hasta que fue descubierto al azar por unos jóvenes vaqueros.

"Qué pendejo", le gritaron, "los salvajes de estas tierras te van a devorar como a un ciervo ingenuo".»

«Qué pendejo… ¡ja, ja, ja!», unos vaqueros que se estaban compartiendo una botella de licor alrededor de la hoguera irrumpieron espontáneamente en carcajadas.

«Pero si toda esta tierra aquí está cargada de salvajes, ¡de seguro que nos están midiendo ahora mismo para acabar con nosotros!»

Sin moverse y sin voltear, Jacinto fijó su mirada en los vaqueros, cuyas palabras hicieron eco en el parpadeo de las llamas y en su mente.

«Los jóvenes vaqueros alimentaron al padre, le dieron amparo y se lo llevaron de regreso hasta Santa Fe. A cambio de esto, mientras dormía en un campamento improvisado de noche, uno de ellos le robó el bulto de monedas de plata y de joyas de obsidiana que llevaba consigo en una bolsa atada a su cuerpo. ¡Ciervo ingenuo! El padre había dado con un trozo del enorme tesoro antiguo que yacía en las cuevas, que para él era mucho, pero que de verdad era nimio en comparación con todo lo que había.»

Jacinto ya vagaba entre las distintas capas de su propia conciencia. Las voces interiores se sumaron a las exteriores, intercalándose entre las palabras y los vacíos de lo que se decía.

«En Santa Fe… severamente marcado por el pasaje, deshidratado, alterado, hablando sin sentido en lenguas ajenas… desapareció, poseído por almas repentinas…»

«Ja, ja, ja, JA, JA, JA…»

«… a cargo de su energía física. Se desvaneció.»

Detrás de los vaqueros, algo más apartado de la hoguera, Jacinto tuvo una visión repentina en donde había un grupo previamente desconocido. Era el segundo núcleo del campamento. Llevaban unas botas mocasines, pieles, pendientes, las caras pintadas, el cabello negro y largo, sus gorras y sus armas largas recostadas a un lado de ellos. Los rostros empezaron a trazarse en su mente hasta que acertó, pertenecían a las tribus de las que tanto se hablaban, un grupo de apaches sentados a unos metros de allí, conviviendo y compartiendo el mismo espacio de la noche.

«Emprendiendo de nuevo la búsqueda del sendero a toda prisa, volviendo a entregarse a las fuerzas superiores y las almas que vagabundean en la intemperie... laberinto de cuevas, eternamente sin salida y los ecos del pasado que fueron amplificados por la geometría subterránea...»

Había entre ellos uno que tocaba un violín de una cuerda y otro enseguida dedicado a un rito espiritual propiamente suyo, dueño de todas las capas de su conciencia. El son de la cuerda vibrando entre las notas penetró en la noche, dejando oscilar su ritmo entre las llamas y las voces del narrador y de su propio interior.

«Aquel joven tenía tremenda fuerza de mente y de cuerpo.»

Jacinto nunca había visto a María Eugenia dormir tan profundamente como aquella noche.

El día siguiente era muy largo. La noche y los aullidos aún resonaban en la mente de Jacinto durante toda la mañana hasta que por fin fueron atenuados por el sol de mediodía. Se aferró a la lógica del camino terrestre y la fuerza colectiva de la caravana para mantenerse encima de sus miedos y visiones que lo atormentaban.

No había de otra que seguir con cautela, decididos y derecho, hasta llegar a la última parada que marcaba el fin o, por otro lado, el inicio de la Jornada del Muerto. La parada era el puesto más cerca de la base que todavía contaba con recursos naturales. Solía llenarse de gente que iba o venía, de niños que jugaban al azar de la tarde entre las gallinas y los perros andantes, entre hogueras de carne asada, tortillas, cebolla y chiles dorados. Allí se quedaban el suficiente tiempo para reposar y recobrar su fuerza física ante tan difícil camino. Cuando por fin llegaron a reunirse con el Río Bravo, ya cerca de la villa de Doña Ana, fueron directamente a las aguas para sumergirse y deshacerse del cansancio y el calor. Habían llegado.

Tras cada jornada exitosa, se sintieron más y más adiestrados en poder lidiar con la insolencia de la naturaleza. En términos legales, José Ysidro guardaba todos los títulos sellados por el gobierno de México en el Ancón de Doña Ana, seguramente en un cofre encadenado, que estaba muy bien vigilado en el Rancho Armijo. Al mismo tiempo, el Tratado de Guadalupe Hidalgo mantuvo al gobierno de los Estados Unidos a cierta distancia, declarando que deberían respetar los derechos de tierra otorgados por México en las provincias que devinieron su territorio tras el salto de la frontera. Tenían todos sus papeles en orden. En su mente, ninguna otra nación o pueblo o fuerza vigente les debería de debatir su derecho a la tierra, salvo los apaches.

* * *

Llegó un día en que Jacinto y Estevanico estaban trabajando en una casa en Mesilla, cuando pasó una caravana apretada de jinetes y carretas, dirigida por un jinete al frente que portaba la bandera estadounidense, escoltado por todos lados por soldados. Pasó con tanta inercia y energía como si fuera una vista previa de los trenes que llegarían en otro tiempo.

—¡Ven, Estevanico, vamos a ver qué es!

Los chicos dejaron su trabajo y corrieron hasta la plaza, en el centro de la villa, donde la caravana se había parado; se acercaron para ver de qué se trataba. Entre toda la gente había oficiales militares y dignatarios gubernamentales, todos con uniforme o traje formal. También empezaron a llegar más personas de Mesilla, tratando de saber qué pasaba.

—¿Qué está pasando? —le preguntó Estevanico a una señora, una vecina que cultivaba trigo para hacer tortillas de harina.

—¡Dios, no tengo la menor idea!

Siguieron caminando entre toda la gente. No se enteraron de lo que fue, pero notaron que poco a poco se estaba instalando una inquietud penetrante en toda la gente de Mesilla. Uno de los dignatarios, un mexicano, empezó a hablarle con calma a la gente.

—Buenos días de parte de todos sus vecinos en Chihuahua. Buenos días a toda la villa de Mesilla.

No habló por mucho tiempo. Los soldados se formaron para delinear los espacios, con los oficiales estadounidenses quedándose en el centro. Un ranchero de Mesilla alcanzó al dignatario mexicano para interrogarlo brevemente; hablaron un poco hasta que el dignatario fue guiado al centro por uno de los soldados. El ranchero se quedó fuera, furioso ante el desprecio que le mostraron. De allí comenzó una procesión militar, con tambores y una trompeta. Los chicos llegaron directamente con el ranchero, lo conocían bien; había construido muchas de las casas en Mesilla.

—¿Qué está pasando?

—¡México nos ha vendido!

Fue la primera y la más directa y sencilla respuesta que intentaba explicar algo que era mucho más grande y que todavía no se podía entender por completo. La respuesta se hizo escuchar.

—¿Qué? ¿Cómo?

—¿A quién?

—¡México nos ha vendido a estos cabrones!

Los soldados arriaron la bandera tricolor, la doblaron y se la entregaron al dignatario mexicano. En su lugar, alzaron la bandera de estrellas y rayas. Ya era oficial. A partir de entonces, Mesilla y un amplio campo de tierra extendiéndose hacia el oeste se pasó al otro lado y devino territorio de los Estados Unidos.

¡La frontera saltó a la gente y a la tierra, por segunda vez en seis años!

—¡Nos traicionaron, señor funcionario! —reclamó el ranchero con una furia increíble cuando el dignatario mexicano estuvo cerca—. ¡Nosotros somos mexicanos! ¡Usted y Santa Anna nos vendieron! ¡Cobardes! ¡Son de una fachada falsa, unos sinvergüenzas! ¡No merecen la bandera tricolor! ¡No merecen llamarse mexicanos!

Toda la gente de Mesilla se quedó decepcionada. La mayoría de ellos eran los fundadores originales de Doña Ana y sus familias, que cruzaron el Río Bravo después de la guerra porque querían permanecer en México. Hicieron sus casas y establecieron sus vidas en Mesilla. Se hubieran quedado en

Doña Ana si quisieran ser estadounidenses; pero no fue así, eligieron México y México había optado por vender. Otro señor empezó a gritarle a los soldados.

—¡Esta es nuestra tierra, somos mexicanos! ¡Esa no es mi bandera! ¡Yo soy del tricolor! ¡Cabrones, yo soy mexicano!

—Pues ve y regresa a México —respondió uno de los soldados de fila.

—¡Mesilla es nuestro campo y nuestro hogar! ¡Ustedes son los extranjeros!

—Ya cállate, viejo…

—¡Cabrones del infierno! ¡Yo no voy a elegir entre patria o tierra! ¡Yo soy mexicano! ¡Cabrones! ¡Hijos de puta!

Los ecos de su furia retumbaron y se amplificaron a través de todo el valle, instalándose en la memoria colectiva de la gente. Si la ola anterior fue el Tratado de Guadalupe Hidalgo, la Venta de La Mesilla fue la siguiente que impactó la región. Llegó para cambiar todo, salvo que el discurrir del reloj era lento en aquel entonces. No cambió nada en la capa más tangible que abarcaba toda la naturaleza, el Río Bravo, las lluvias y los nopales, los remolinos de polvo, los vecinos y los atardeceres que se extendían con languidez para darle transición a la noche. En ese sentido, solamente cambiaron las banderas. Jacinto notó la forma en que el cambio devastó a la gente. Salvo las pocas personas que alzaron las voces, la mayoría se quedaron vacíos, sin palabras. Solamente podían observar el escenario desde un lado, sus rostros totalmente rendidos. Nada iba a cambiar eso, por lo menos ese día.

Cuando se estaba terminando la ceremonia, un oficial estadounidense llamó la atención de las personas. Hablaba del cambio como algo muy positivo para toda la gente.

—Ahora que Mesilla y todas estas tierras son parte de los Estados Unidos, ya podemos divisar claramente desde aquí hasta el otro lado del desierto, hasta California. Un día pasará por aquí el ferrocarril para marcar el enorme progreso de nuestra nación y vincular todo el este hasta el Océano Pacífico, para el provecho de todos los ciudadanos. Nosotros somos una gran nación, que nada nos detenga.

¡El mensaje era nada menos que una voz espontánea y extraordinaria del destino manifiesto mezclado con el sueño americano!

Jacinto se quedó con la ilusión del tren, grabando todas las palabras del oficial en su conciencia y subconciencia. Desde luego, le quiso entregar toda su confianza al oficial. ¡Fue tanta su esperanza de que algún día llegara el tren! Ya no tendría que hacer esa pesada Jornada del Muerto entre Doña Ana y Santa Fe, ya se podía imaginar llegando a las tierras lejanas y las costas, viendo el mar por primera vez en su vida. Pero ese día, apartando la vista del oficial, solamente veía la desolación de la gente de Mesilla. Esto le generó un enorme conflicto.

—Vamos a hacer lo mejor de la situación, todo esto sigue siendo nuestra tierra —le dijo con optimismo a la gente, desde donde estuvo parado, tratando de alentarlos—. Hay que seguir desarrollando Mesilla y Doña Ana.

Pero la gente no reaccionó. Para algunos, era demasiado pronto para escuchar eso. Para otros, ya sabían que su destino estaba al otro lado de la frontera, lejos de allí. La caravana de estadounidenses empezó a organizarse para partir de Mesilla. En fin, estuvieron allí menos de una hora.

—Vamos a seguir trabajando en la casa —le dijo Jacinto a Estevanico, ya terminada la cosa.

—No, hoy ya no puedo —le dijo, decidido.

Hubo un silencio entre los dos mientras se iban caminando lentamente por Mesilla. Estevanico era su más fiel y mejor amigo de la vida. Por primera vez empezó a sentir una pequeña brecha entre los mexicanos de Mesilla, que habían fundado la villa para preservar su nacionalidad y cultura, y los que se quedaron en Doña Ana. Siempre habían sido vecinos, amigos y familiares, compartiendo raíces, la naturaleza y el Río Bravo, ambos dichosos de su identidad y su afán. Ahora que las dos villas se quedaron del mismo lado, Jacinto sintió el conflicto entre los dos como una enorme prueba, algo que les tocaría confrontar más adelante. Por mientras, le siguieron dando por el camino.

—Venga, amigo. Mañana será otro día.

*  *  *

Una tarde, Jacinto estaba trabajando con Estevanico y con otros señores de Mesilla, cuando sintió una repentina soledad en su alma. Se sintió abrumado por completo, como si una nueva carga de energía se hubiera adueñado de él. Se escuchó muy bien y logró entender lo que tenía que hacer. Llegó primero con Estevanico.

—Hay algo que tengo que hacer, pero vuelvo con ustedes mañana.

—¿Todo bien, Jacinto? ¿Quieres que vaya contigo?

—No, gracias, amigo. Los veo mañana.

Montó en su caballo Relámpago y le dieron. Relámpago era fuerte, robusto y fiel a su apodo, uno de los caballos más rápidos en toda la región. Se fueron trotando hasta la orilla de

Mesilla y el Río Bravo, donde Relámpago cruzó con facilidad y destreza. Emergiendo del otro lado se desataron a todo galope, enfilándose hacia el norte por el Camino Real.

—¡Anda, Relámpago, anda! —impulsaba, empujando su caballo con las riendas y los toques medidos de sus botas para sostener un galope de máxima velocidad—. ¡Anda!

Jacinto sintió el sol perforando la estela de polvo que surgía a sus espaldas, y un superpoder en toda su capa física, mientras que su alma respondía a una necesidad urgente. Había que llegar antes de que se le acabara el tiempo. El camino dio lugar a las amplias tierras paralelas, que eran una extensión del Rancho Armijo, hasta que bajaron la velocidad y dieron con la entrada, trotando por la puerta exterior hacia las primeras casas de la villa de Doña Ana. Llegaron directamente al establo para que Relámpago pudiera tomar agua y refrescarse. Jacinto llegó brevemente para hablarle, agradeciéndole su buen empeño y despidiéndose de él. Allí lo dejó. No perdiendo ni un segundo más, siguió medio corriendo hasta la penúltima casa de la segunda fila, casi en la otra orilla de la villa. Entró. Su mamá estaba reposando tranquilamente en su cama, muy bien amparada por la fiel curandera a su lado.

—Pasa, Jacinto.

Su mamá se incorporó muy ligeramente al verlo. Jacinto vio la fragilidad y el cansancio en su cuerpo, como fuerzas invasoras que se habían apoderado de su físico, aunque no todo era así. Aún desprendía sabiduría y tranquilidad espiritual; su piel y sus ojos todavía guardaban su belleza natural y consciencia de las historias que carecían de palabras, aún portadas por su esencia.

—Pasa. Qué bueno que llegaste.

—Gracias. ¿Cómo se encuentra?

—Tranquila. Puedes sentarte con ella.

María Eugenia se envolvió en un sarape y dio algunos pasos para salir de la casa.

—Ya no le queda mucho tiempo —le susurró a la salida.

No le llegaron más palabras. Su rostro le agradeció, se despidió de ella y luego fue a sentarse al lado de su mamá. Jacinto irrumpió en lágrimas sin remedio al tenerla frente a él, desprendiendo en gran medida la carga de energía que lo había llevado hasta ahí.

—No llores, Jacinto. ¿Por qué lloras?

—Lloro por ti.

—¿Por qué lloras por mí?

—Siempre voy a llorar por ti.

—No llores por mí, lindo Jacinto.

—¿Cómo no voy a hacer eso? —la tomó, envolviéndola con ternura y amor en un abrazo que no quería dejar llegar a su fin.

—Jacinto, escucha. Me siento tan afortunada y agradecida por el destino que siempre me dio a María Eugenia cerca de mi vida, por la generosidad y voluntad de mamá Silvestra, que siempre era tan buena conmigo.

—Pero eso es lo que merecías, nada menos.

—Ay, Jacinto… no sé qué hice para merecer eso.

—Insisto.

—Sabes que mi tiempo aquí se está acabando.

—¡Por favor, no digas eso! ¡Lo que más temo es perderte!

—Escucha Jacinto, cuando tú llegues a tener una familia, si llegas a tener una familia, vas a saber que nuestro destino es volver al origen.

—¿Cómo? No entiendo.

—El origen está en los elementos, en la lluvia y la tierra, el viento y el sol, y todo el ciclo de vida que es infinito.

Hubo un tiempo de silencio.

—No lo vas a saber porque te lo contaron, sino porque lo vas a sentir en toda tu alma y tu ser. Por eso viniste aquí. No llores cuando me vaya, siéntete envuelto y protegido por todo el amor que vas a llevar en tu corazón, donde yo estaré por siempre.

Falleció la mañana siguiente con Jacinto y todos los vecinos de la villa a su lado, bajo el sol ascendente y la luna menguante, sigilosamente ocupando lados opuestos del cielo, ante la nitidez de los picos de la Sierra de los Órganos y la infinidad del azul claro. Era una fiel amiga y vecina de Doña Ana, conocida por la gente.

La ausencia de José Ysidro durante toda esta etapa era un detalle que no se iba a entender por mucho tiempo. Por mientras, era un pormenor que no iba a desplazar el hecho de que el espacio le pertenecía a la niña que nació sin nombre, que fue adoptada por la misión y recibió sus apodos del bautismo y el matrimonio, María Catarina Armijo, protegida y educada por su madre Silvestra, ella de buenas intenciones. De algún modo, toda la doctrina de la iglesia la mantuvo contenida en un rincón de su ser, apartada de la persona que era. A un nivel mucho más profundo e interno, nunca olvidó su vínculo con la tierra y con sus ancestros indígenas, que la alimentaron por toda su vida de una manera que solo ella podía entender.

La enterraron en el camposanto de Doña Ana, donde el tiempo y la tierra la recibieron, para dejarla volver al ciclo e integrarse con la naturaleza y el infinito. Las manos se empeñaron con esmero, colmando la tumba y cubriéndola con piedras, tierra y ramos de flores, haciendo todo en prueba de amor, como se debe de hacer. Al lado de Jacinto estuvo María Eugenia. Se sumó a Jacinto, entregándole todas sus fuerzas físicas y espirituales para mantenerlo encima del abismo que amenazó con abrirse por todos lados y consumirlo.

## DOS

*Killed on the mountain by roving Apaches.*

Mesilla seguía creciendo, desenfrenado. Con el discurrir del tiempo, había más y más gente que llegaba. A pesar de y debido a la Venta de La Mesilla, la villa se había convertido en la más grande de toda el área, haciéndose el doble de Doña Ana; aunque el flujo no era de solamente un sentido. Muchas de las familias fundadoras se quedaron, pero también había algunas que tarde o temprano decidieron regresar a México, eligiendo patria y nación sobre tierra.

Seguían viniendo más y más gente por el Camino Real. Siempre había personas que exploraban la tierra y buscaban el botín inspirado por las leyendas del siglo 16. En ocasiones, se sumaban los soldados de los Estados Unidos, que llegaban con cartógrafos para medir las extensiones de los pueblos y el río; pero no se quedaban por mucho tiempo. Llegaban, hacían su trabajo y se iban. En los ojos de la gente de Mesilla y de todos los nuevomexicanos, eran extranjeros. En un tiempo, los cartógrafos empezaron a delinear una nueva villa al sur de Doña Ana, al este de Mesilla y el río. Había un trozo del Camino Real donde se había improvisado un santuario, con una instalación de cruces que marcaban las muertes de pioneros españoles y mexicanos a manos de apaches; de allí nació el nombre de la nueva villa, el Pueblo del Jardín de las Cruces. Todos la conocían simplemente como Las Cruces. Para ubicarla, los cartógrafos utilizaron como referente la acequia madre que fue construida por Bernabé, José Ysidro y los otros fundadores de Doña Ana. Tras 20 años de uso, la acequia seguía portando agua con fidelidad al Rancho Armijo y a todos los otros ranchos del área.

Había un tiempo que había sido marcado por sequías fuertes, seguido por tres temporadas de lluvias torrenciales. Los pobladores de Doña Ana fueron los primeros en reconocer cuando las aguas del río crecido empezaron a atragantarse en su vía, desbordando los valles de la tierra y surgiendo hasta que se abrió un nuevo camino. La gravedad y las fuerzas superiores consiguieron una nueva ruta por donde iba a descender. Brotó como una nueva rama que se había separado del tronco y que volvió a comunicarse con el río más abajo. Al poco tiempo, esta rama devino el tronco principal hasta que por fin había cambiado su ruta por completo. Hubo un tiempo breve en que Mesilla se convirtió en una isla, pero esto no duró mucho. El Río Bravo se tergiversó, restableciéndose un poco al oeste de su vía original. A partir de entonces, ¡Mesilla y Doña Ana se quedaron del mismo lado del agua!

Ya no era la frontera oficial de los Estados Unidos; no obstante, era un cambio simbólico que impactó mucho a las familias mexicanas de Mesilla. Estevanico y su familia habían reconocido que era su tiempo e hicieron planes para partir. A fin de cuentas, eran mexicanos. Pero antes de que se fueran, les hicieron una fiesta de despedida en la plaza.

—Los vamos a extrañar, amigo —llegaron a decirle—. No olviden que aquí siempre tienen su casa.

—Gracias. Chihuahua no queda lejos, igual nos vienen a visitar.

—¡Cuenta con ello!

Jacinto y Estevanico se quedaron mirando todo el escenario. La fiesta era tan grande que atrajo a muchas personas desconocidas de los ranchos de la región. Allí es donde Jacinto y Juana se conocieron por primera vez. Ella irradiaba una belleza espléndida; de ojos azules, llevaba puesta una falda colorida con una blusa y un rebozo blanco que ondulaba elegantemente con cada movimiento que hacía.

—Ven, te la voy a presentar.

—No, ¿cómo?, si ni la conoces…

—¡Ven conmigo! —le ordenó.

—¡No, no, no…!

Estevanico casi tuvo que arrastrarlo hasta donde estaba ella, aunque era exactamente lo que Jacinto quería. Se presentó y luego le dio el empujón que necesitaba para echarlo a andar.

—Buenas tardes, señorita —los dos la cortejaron flexionando una rodilla con gestos alargados, con los brazos extendidos y los sombreros frente a ellos.

—Buenas tardes.

—Somos Estevanico y Jacinto.

—Encantada —sonrió—. Yo soy Juana.

—Señorita Juana, qué gusto conocerte. No te habíamos visto por acá, ¿de dónde eres?

—Soy de Santa Bárbara, un poco al norte de aquí. Mi familia tiene un rancho ahí.

—¿Qué rancho?

—El Rancho Silva.

—Felicidades, mi amigo Jacinto tiene su rancho aquí en Doña Ana.

—¿Ah, sí? —lo miró directamente—, ¿cómo se llama tu rancho?

Jacinto estaba enamorado de ella y todavía no le había dirigido ni una palabra, sintiéndose envuelto por toda la dulzura que su presencia irradiaba. Se ruborizó, poniéndose tan rojo como la fruta que le había provocado la maldad en el campo.

—El Rancho Armijo.

—Su padre es el patrón, el señor Armijo de la villa.

—¿A qué se dedican?

—A un poco de todo…

—¡Se oye maravilloso! Quisiera verlo alguna vez.

—Juana, sería todo un honor.

—La verdad es que sí tienen de todo… Tienen de las mejores fresas.

—¡Me encantan las fresas!

—Disculpa, debo aclarar, a mi amigo no le caen bien.

—¿A poco, será una alergia? Mi hermano Jesús también sufre alergia de fresas, pero yo le hago té de chile y con eso se le quita.

—¡Jacinto! Ahí está la clave. El té es la solución. Es que una vez mi amigo se había atiborrado de fresas y se puso muy mal; tuvimos la suerte de conocer a un comerciante en el Camino Real. Le dio té de la India y con eso se alivió.

—¿Té de la India?

—Sí, era algo extraordinario. Tenía algo dentro que evocaba pura grandeza; me dejó queriendo más. Pero desde que se fue el comerciante, ya no lo conseguimos.

—¡Estevanico! —llegaron abruptamente unos de sus amigos.

—¡No puede ser que ya te vayas, Estevanico, la guerra civil ya terminó!

—¡Tampoco olvidemos que Benito Juárez ha restaurado la república de México en toda su gloria! ¡Ya acabó con Maximiliano y todo el segundo imperio!

—Muy buen punto, amigo… ¡Es que ya lamentamos tu ausencia!

Estevanico se hizo a un lado con sus amigos, dejando a Juana y Jacinto solos para platicar.

—Puedes llegar conmigo cuando quieras y te haré té de chile con bizcocho o una sopaipilla. ¡Las especialidades del Rancho Silva!

—Sería un verdadero honor y placer —le dijo, mientras se empezaba a escuchar el estruendo de unos hombres montados a caballo, llegando a toda prisa y dejando un remolino de polvo en su camino.

—¡El gusto es mío!

Jacinto ya se había enamorado por completo. Las palabras y la entonación de Juana eran tan dulces como la miel.

—¿Viniste sola a la fiesta?

—No, vine con mi hermano Diego, tiene amigos y trabajo aquí.

—¿Está aquí?

—Sí, pero se ha perdido en la fiesta…

—¿Cuántos hermanos tienes?

—Somos seis.

—A ver, Diego y Jesús… ¿Cómo se llaman los demás?

—Mi hermano Diego es el mayor, él nos cuida y se encarga de todo. De allí sigue mi hermana *Poeta*, ella toca el arpa y le canta al río.

—¿Qué le canta?

—Canciones de amor y de soledad… De allí sigue Jesús, nuestro ranchero de las ovejas y cabras; luego mi hermano Antonio, ciego y pelirrojo, que todos le decimos *Barba Azul*, y luego sigo yo. El más joven es Nicolás, mi hermanito que está obsesionado con la plata y el oro. ¡Todos le decimos *Delirio*!

—¡Qué maravillosa familia!

—¡Gracias!

—¿Y cómo te llaman a ti?

—Mis hermanos me llaman *Spitfire*, ¡porque soy la dragona!

—¡Ja, ja, ja!

—¡Sí! Diego es el que mejor puede leer y escribir de nosotros. Bueno, él y yo. Los demás nunca aprendieron bien.

—¿Viven todos en el rancho con tu mamá y tu papá?

Empezaron a resonar una larga serie de campanadas en Mesilla, pero Jacinto apenas las escuchó.

—No exactamente —su apariencia cambió brevemente, debido a las campanadas y a la pregunta, mientras trataba de buscar las palabras adecuadas—, bueno, pues *Poeta* se casó hace poco y se fue a Santa Fe con su esposo. Mis papás ya no están aquí… Se enfermaron el invierno anterior y ya no están con nosotros.

—Perdón, Juana, lo siento mucho. Soy un imbécil, perdón.

—No hay de que pedir perdón.

—Nunca quise…

—Está bien, Jacinto, me ayuda hablar de ellos. Eran muy buenos con nosotros, los mejores papás en todo el mundo. La cocina de mi mamá era maravillosa, me enseñó todo lo que sabía… de su mamá, de su abuela, bisabuela. Y mi papá le enseñó todo a mis hermanos.

—Lo lamento mucho —se inclinó para mostrarle respeto a lo que contaba—, espero que estén bien tú y tus hermanos.

—Sí, gracias, seguimos muy bien. Gracias a Diego, el héroe de la familia.

—Quisiera conocer a Diego. Sería un gran honor…

—Sí, tan pronto se aparezca te lo voy a presentar —volteó a ver si lo divisaba entre toda la gente—. ¡Pienso que los dos se van a llevar muy bien!

La sonrisa de Juana se había instalado por completo en la conciencia de Jacinto. Era un regalo celestial, lo último que estuvo entre él y la distorsión que invadió intempestivamente la fiesta.

—¡Jacinto Armijo! —empezaron a vociferar los jinetes que llegaron apresurados a la plaza a buscarlo—. ¡Jacinto Armijo!

—Presente —contestó, ahora atento al asunto.

—Señor Armijo —le habló directamente uno de los hombres que se había desmontado de su caballo. Era muy alto, de cabello güero.

—Sí.

—Lamento hacerle saber que ha habido un ataque en la meseta, que está perfilada por los montes.

—¿Qué montes?

—En la gran meseta.

El güero no pudo atenuar la urgencia con la que había llegado para hablarle con calma. Estevanico regresó entonces para reunirse con ellos y estar a su lado.

—Parece que don Ysidro se encuentra entre los que fueron atacados a manos de una tribu errante de apaches.

—¿Cómo? Eso no puede ser...

—No sé por qué motivo. Parece que se desviaron del camino y entraron en tierras hostiles.

—¿Qué tierras hostiles? Si últimamente han sido tierras pacíficas...

—Ya lo sé, señor Armijo.

—¿Y qué pasó con la tregua?

—Es que las treguas en estas tierras son muy tenues, siempre se rompen por un lado u otro —vociferó otro jinete.

—¿Qué quiere decir eso? —lo miró fijamente.

—Nada. Mis disculpas, señor Armijo.

—¿Está dispuesto a partir con nosotros? —le preguntó el güero, extendiéndole la mano.

—Sí, pues vámonos ya —asintió.

Jacinto fue a alistar su caballo a toda prisa.

—Jacinto, ¡espérame, espérame! —suplicó Estevanico—. Yo puedo ir contigo.

—No puedes dejar la fiesta, es tu despedida. Sé que te veré pronto, aquí o en Chihuahua —se dieron un gran abrazo—. Gracias por todo, amigo de vida.

Juana se quedó mirando todo desde un lado.

—Señorita Juana, espero que te vuelva a ver otro día. Te extrañaré.

No enturbiando las cosas con palabras difíciles de decir, ella fue y lo abrazó instintivamente, brevemente deteniendo el tiempo para los dos. Se dilataron en una infinidad de emociones, apartando las puertas para dejarlas instalarse en su conciencia por siempre. Ya realizado, lo soltó. Jacinto montó y partió con los mensajeros a todo galope, yendo hacia la meseta con toda urgencia. Ya no era Relámpago, sino un caballo nuevo que todavía estaba conociendo. Era un caballo bueno, pero menos rápido, menos alegre y menos atento a las súplicas y emociones de Jacinto. No obstante, le dieron tan rápido como pudieron.

¡Cómo extrañaba a Relámpago, la fiesta de Estevanico y el abrazo de Juana tan dulce y espontáneo que tuvo que dejar atrás!

El camino y el viaje repentino se apoderaron de su ser, conforme la certidumbre de la noticia se adueñó más y más de él. Ir a la meseta era una tarea que no iba a prevenir o cambiar nada, pero tenía que ver con sus propios ojos para saber y constatar que era real. Aunque ya lo sabía; pronto tendría que atender todo lo que iba a involucrar la muerte de su padre. En Mesilla, Estevanico y Juana se ocuparon del vacío repentino que cayó sobre la fiesta de despedida, cada uno guardando un trozo del alma de Jacinto en su corazón, manteniéndolo envuelto en su buen amparo.

*"En el año de 1868 desgraciado suceso… el versificador de la villa cantó una tonada en una clave menor… había un rosario y una misa en honor a José Ysidro Armijo… sus restos fueron enterrados en el camposanto de Doña Ana."*

* * *

Jacinto pasó mucho tiempo de luto, tratando de divisar el porqué y la razón. Iba seguido a la meseta, donde pudo percibir ampliamente todas las impresiones del entorno. Había mucha desolación e insolencia que se manifestaban en la sed corporal, el cansancio y la tristeza. Por ese lado, las exigencias eran muy arduas. La visión antagónica fue que no había ninguna señal que apuntara a la violencia. Solamente abundaba una naturaleza pacífica en que la tierra, el cielo y el sol brindaban una belleza radiante que tendía hacia el infinito y que deseaba aplacar la insistencia del todo. Tiempo después, ya de regreso en Doña Ana, se dio a la tarea de atender todos los asuntos de herencia y patrimonio familiar. Se pasaron todos los títulos y los derechos, los terrenos de labor, el ganado, vacas, caballos, ovejas, los huertos, graneros, establos, carretas, armas de fuego, bienes personales, monedas de plata y de oro, pesos, dólares estadounidenses y todo lo que pertenecía a la estancia a Jacinto.

En aquel tiempo, había mucho movimiento en el Rancho Armijo. Allí estuvo María Eugenia para darle continuidad al lugar, siendo la más constante, la que se encargaba y cuidaba de todo lo cotidiano. Más allá de sus obligaciones, fue a partir de entonces que empezó a conseguirse un poco de tiempo y espacio para salir o recibir a personas de visita en el rancho, sin tener que preocuparse por la mano dura de su patrón anterior. Era una sensación liberadora a la que no estaba acostumbrada, que la hacía sentir que se estaba aprovechando de algo prohibido.

También estuvo la segunda esposa de José Ysidro, una mujer de Chihuahua que apareció un día con sus tres hijos como si hubieran existido desde siempre. Los hijos eran unos hombres jóvenes muy inquietos, despegados de la villa y las exigencias del rancho. Es probable que fueran los medios hermanos de Jacinto, pero no podían precisar este detalle y no había mucho interés en indagar el tema. Los tres no le prestaron mayor atención a Jacinto. Iban y venían conforme les daba la gana, llevándose los caballos sin permiso, apostando en juegos de cartas, frecuentando burdeles y bebiendo. La mano de obra siguió trabajando todas las mañanas con mucho esmero, cultivando las tierras, sembrando, cosechando y nutriendo a todo el ganado. Esto le dio ritmo a los días, algo a lo que la gente se podía aferrar. El discurrir del tiempo se podía medir con el canto matutino de los gallos, el arreo de las ovejas, el almuerzo de huevo, hierba y chile que se hacía el señor Dueñas después de sembrar el pasto, con las campanadas de medio día, con el calor del sol ardiente de la tarde mitigado por una siesta en la sombra. Jacinto seguía muy ocupado con la gestión del legado de su padre; iba seguido entre Las Cruces, Mesilla y Doña Ana visitando amigos, familiares, socios y conocidos, repartiendo bienes entre todos. También recibía a mucha gente de visita en el rancho, amigos que se quedaban entre horas y días para acompañarlo y pasarla bien. Los viajes, las visitas y los menesteres no le dejaron tiempo para acercarse a sus medios hermanos; sin embargo, les abrió la puerta y los aceptó como eran, sin guardarles rencor. No se quedaron mucho tiempo. Un día huyeron los tres, llevándose unos caballos muy hábiles, monedas, armas de fuego y cantimploras llenas de licor. Jamás regresaron.

Un día, Jacinto decidió emprender un viaje a Santa Fe. No había estado en la capital desde que era un niño y se emocionó mucho por regresar. Todo el movimiento y la energía de la plaza central lo atraparon de inmediato; era la encrucijada del Camino Real y el nuevo Camino de Santa Fe, que vinculaba a Misuri en el este, dando la entrada a olas de comerciantes, empresarios y familias estadounidenses que venían a apostarse la vida en Nuevo México. ¡Qué de gente había! Jacinto se instaló en un hotel bien ubicado en un rincón de la plaza. Allí se pasó unos días escribiendo, conviviendo con otros viajeros, indagando, negociando y haciendo toda variedad de tratos y trueques hasta conseguir lo que estaba buscando. Se sintió plenamente renovado por su tiempo en Santa Fe. Pensó mucho en Juana cuando iba de regreso, tanto que quería desviarse por el camino para visitarla en Santa Bárbara, pero la mercancía que llevaba consigo no se lo iba a permitir. Le siguió dando para cumplir con la tarea que era el motivo principal del viaje y no pudo contener su emoción cuando por fin llegó a la plaza y el salón de Doña Ana. Era el espacio familiar de su niñez, aunque ya no le pertenecía como antes; por eso se resguardó, escuchando lo que se estaba diciendo a cierta distancia del centro.

—Niñas, fíjense cómo las telas se están encogiendo mucho, vamos a trabajar con mucha paciencia para que no se arruguen.

Ella no tardó en divisarlo, sintiendo por dentro un relámpago cargado de emoción. Dejó trabajando a las niñas para llegar enseguida con él.

—Jacinto, ¡qué gusto verte de nuevo!

—¡Buenas tardes, señora Abeita, buenas tardes! —se saludaron de dos besos y un abrazo.

—¡Me encanta recibirte aquí en mi salón! Pero cuenta, ¿qué haces aquí?

—Aquí le traigo algo, desde Santa Fe, un regalo en su honor. Si puede salir conmigo…

La señora Abeita se quedó sin saber qué decir. Salieron y vio por primera vez un piano majestuoso, bien acomodado en el vagón, parcialmente envuelto en unas mantas gruesas. Se detuvo hasta que le llegaron las primeras palabras.

—Jacinto, esto de verdad que es mucho, no sé ni por dónde empezar. ¡Qué sorpresa tan maravillosa me has dado!

—¡Gracias a usted! Siempre recuerdo esa vez que llegó a decirnos que iba a abrir su escuela, mi mamá estuvo tan alegre de que hubiera llegado a pasar la tarde con ella. Agradecimos todo lo que aprendimos en su escuela y sus aportes a Doña Ana.

—Me siento muy honrada. ¡Muchas gracias por este reconocimiento!

Jacinto atendió el asunto de instalar el piano dentro de la escuela, alistando la ayuda de varios jóvenes de la villa. Al final, todo quedó muy, muy bien.

*"Dedicado a la señora Abeita para facilitar el don de la música y el buen uso de todos los niños de Doña Ana. Eternamente agradecidos, José Ysidro y María Catarina Armijo."*

—Jacinto —se acercó de nuevo— con toda la gran sorpresa ya casi se me olvida decirte. Hace unos días llegó una joven señorita a buscarte. Era muy bella y radiante, qué ojos azules más hermosos que tenía…

—¿Ah, sí? —su corazón se aceleró—. ¿Cómo se llamaba?

—Juana, de Santa Bárbara.

* * *

Juana nació en el Rancho Silva, un conjunto de terrenos, pastos y huertos que ondulaban alrededor de Santa Bárbara, algo río arriba, salpicado de casas, establos y graneros. Quedaba al noroeste, debajo de donde el Río Bravo se doblaba entre la geometría de la tierra y la gravedad para enfilarse hacia Doña Ana. Juana venía de una familia muy grande; además de sus hermanos y hermanas, tenía un sinfín de primos hermanos, primos segundos, primos lejanos, sobrinos, tíos políticos, abuelos y bisabuelos, todos esparcidos por las tierras que componían y colindaban con el Rancho Silva. De su familia, ella había heredado una belleza impresionante y una fortaleza de mente y de cuerpo que nadie podía superar. Se decían españoles, una costumbre bien establecida durante los tres siglos del Virreinato, por el sistema de castas. No obstante, su mamá y papá, sus abuelos, bisabuelos y tatarabuelos habían nacido en Nuevo México. Ya no sabían quiénes de sus antepasados habían nacido en España o atravesado el mar, o desde cuando habían llegado al nuevo continente. Estos datos fueron olvidados. Lo único que se sabía era que su viaje al nuevo mundo tenía como límite teórico el fin del siglo 15, cuando las Antillas fueron descubiertas por los europeos, quienes no sabían nada de las Américas. Zarparon una o quizás varias veces a partir de entonces, probablemente en el siglo 16, cuando su viaje desde España ya había sido trazado por los primeros conquistadores de anteayeres, por los virreyes y misioneros. La familia Silva había atestiguado desde lejos el lento discurrir del tiempo. Las noticias y los relojes por fin llegaron a marcar el cambio, desde la expulsión de los realistas, la Independencia de la nueva nación, la guerra, el doble salto de la frontera y el paso de las tierras a los Estados Unidos.

Ellos se quedaron firmes en su tierra a través de todo este cambio, que era lentísimo, apartados de cualquier núcleo, centro o doctrina ajena que llegara a imponerse sobre lo suyo.

Eran españoles, no de España. Al fin y al cabo, eran nuevomexicanos.

*  *  *

Jacinto y Juana se casaron un miércoles, a finales de noviembre, en el Rancho Armijo. Todos los vecinos, amigos y familiares de cerca y de lejos fueron invitados. Las fiestas comenzaron desde dos noches antes, cuando empezaron a llegar las primeras personas para festejarlos, entre ellos amigos y familiares de Chihuahua y de Santa Fe. Se armó un fandango en la plaza de Doña Ana, con música y baile que los acompañó hasta muy avanzada la noche.

—Mi Jacinto… —llegó una voz muy bien reconocida en medio de todo el baile.

—¡María Eugenia! —la abrazó y luego volteó para presentarlas—. ¡Es mi tía…! ¡Y aquí está Juana!

—Encantada, mi amor —se expresó, entrando para felicitarla—. Ya sé que eres lo mejor para Jacinto, y te aseguro que él también será muy buen esposo para ti.

—¡Muchas gracias, tía! —le dijo muy agradecida, con su corazón abierto y una sonrisa enorme.

Al día siguiente hubo una caravana de vagones que se organizó para llevarlos a la plaza de Mesilla, llevando la fiesta a todos sus vecinos. Allí les alcanzó un carruaje con todos los hermanos y hermanas de Juana y sus amigos de Santa Bárbara. Cada hora parecía haber más gente que llegaba para festejar a la pareja. Llegó un momento en que los dos le contaron a un grupo de amigos cómo Jacinto le había pedido la mano a Juana.

—Fue una vez que Jacinto nos visitó en Santa Bárbara. Le había dicho desde antes que Diego era muy tranquilo…

—Yo estaba muy nervioso. Era el hermano mayor, ni lo había conocido.

—Llegó muy formal y respetuoso, pero Diego ya sabía, como me la pasaba hablando de Jacinto…

—Cuando salió, me sorprendí. Era un poco mayor que yo, lo vi como si fuera un amigo. Aún estaba nervioso, ¡pero me la puso fácil!

—Mi hermano confiaba de antemano en Jacinto y sabía que yo estaba muy emocionada por casarme.

—Empecé a balbucear, diciendo no sé qué… Afortunadamente, Diego me cortó: "Jacinto, qué gusto conocerte. Yo no soy el papá, yo no soy quien va a decir que sí o que no. Solamente necesito saber que puedo contar contigo y que Juana es alegre y dichosa contigo." ¡Me alegré! Le dije, "Siempre puede confiar conmigo, don Diego" y, desde luego, contestó: "Gracias, hermano. Ahora vayan y cásense y, sobre todo, ¡sean felices!" Cuando me llamó hermano ya supe que iba por las buenas… Entonces fuimos al establo y me llevó a ver todo su rancho.

Muchas voces empezaron a reaccionar a la historia.

—¡Entonces todos le debemos las gracias a don Diego por reunirnos aquí ante tan bella gente y darnos esta fiesta! —proclamó un amigo del otro lado.

—¡A don Diego! —rugió toda la gente.

Se casaron en la Iglesia de Nuestra Señora de la Candelaria en Doña Ana. Después de la misa, salieron a la plaza para una última noche de fiesta, que fue presidida por todos los vecinos. Pero nada los había preparado para la gran sorpresa que los esperaba a los dos, rodeados de gente y colores, entre bailes y copas festivas, ya adentrados en una noche de regocijo y encanto, una noche de palabras muy bellas y dignas, caprichosamente entregadas al azar de los vientos y el tejido de sus recuerdos.

—Disculpa… Buenas noches, señorita —dijo el orador, tomando el sombrero y extendiendo una larga reverencia—, somos Estevanico y Jacinto.

—¡Estevanico! —exclamaron, uniéndose en un lazo de tres personas.

—Amigo, ¡qué gusto que estás aquí!

—¡No me lo iba a perder por nada!

—No había oído de ti. ¿Qué cuentas?

—Estoy en Chihuahua. Tengo un hijo. Se llama…

—¡Felicidades…! —irrumpieron.

Juana le dio un beso y luego hubo otro abrazo entre los tres.

—¡Gracias! Se llama José Francisco. Pronto lo conocerán.

—¿Vino contigo tu familia?

—No, se quedaron en Chihuahua.

Estevanico se quedó mirando a la nueva pareja con una inmensa satisfacción.

—Pero, suficiente de mí. ¡Muchas felicidades a los dos!

—Ahora sí, Estevanico, acabo de pasar de señorita a ser la señora Armijo.

—Aún te queda bien señorita. Eres demasiado joven para ser señora.

—¡Gracias!

—Qué honor, nuestro más fiel amigo.

—El honor es mío. ¿Y piensan tener hijos?

—Sí…

—¿Cuántos?

—¡Muchos!

—¿Sabes qué Estevanico?, mañana estaré con mi bella Juana, pero el sábado pensamos regresar a Mesilla. ¿Vienes con nosotros?

—Cuenta con ello, amigo.

—Para la próxima, debes traer a tu familia.

—Seguro que sí.

—Bueno. Mientras, ¡vamos a brindar por el honor de tu presencia!

Estaban a punto de tomar cuando repentinamente llegó la muchedumbre en donde estaban cinco o seis amigos mutuos de Jacinto y Estevanico. Se emocionaron tanto con la llegada de su amigo de infancia que se lo llevaron directamente al borde del río para echarlo al agua, en fidelidad a un ritual entre ellos que desbordaba puro amor. Después regresaron a la plaza, Estevanico empapado de agua y felicidad, para entrarle con vigor a un surtido de carnes asadas, tamales, frijoles, postres y licores importados de lejos para la gran fiesta.

Estevanico tuvo que regresar a Chihuahua al día siguiente. No llegó a reunirse con Jacinto y Juana el sábado para ir a Mesilla.

* * *

Juana abrió la Panadería Silva en Las Cruces, en fidelidad a su familia. Estaba muy bien ubicada en Main Street, no muy lejos de la primera casa que tuvieron ella y Jacinto. Solía pasar mucho tiempo en la panadería; era su forma de transmitir las enseñanzas, los conocimientos de su niñez y parte de su patrimonio ancestral, lanzándolas con el mayor esfuerzo hacia el porvenir en su nuevo hogar. Sabía bien el valor del tiempo y el dinero invertido, por eso había traído a su sobrina Juliana, la hija mayor de Diego, a estar con ellos. Ambas se empeñaron con esmero y dulzura en hacer los mejores panes de toda la región.

Una vez entraron un grupo de soldados estadounidenses bajo el mando de un llamado coronel.

—Buenas tardes —entraron, adueñándose libremente del espacio.

—Buenas tardes —los recibió Juliana, mientras que Juana estaba en la cocina detrás de la entrada.

—Acabamos de reunirnos con don Jacinto, el muy decente caballero nos dio la bienvenida al pueblo. Nos invitó a venir aquí para colmar nuestro apetito.

Juana ya había escuchado todo. Salió para imponerse en la situación.

—Buenas tardes.

—Buenas tardes, señorita.

—Señor, ¿teniente?

—Coronel.

—Ah, disculpe, coronel. Y yo soy señora.

—Disculpe, es que es muy joven, señora. ¿Es Jacinto su marido?

—Sí, lo es.

—La felicito por su marido y por todo lo que han logrado aquí en la villa de Las Cruces.

—Muchas gracias, pero hable, señor, ¿cómo les podemos atender?

—Creo que lo que quiere decir —comentó uno de los soldados en voz baja— es ¿quieren pan o no quieren pan?

—Sí, a su juicio y merced, acabamos de llegar y mis hombres y yo estamos muertos de hambre.

—¿Desean pan del horno?

—Sí, por favor.

—¿Empanadas de manzana, de pera, durazno con miel? ¿Café?

—Sí, por favor, todo suena riquísimo.

Juliana empezó a juntar las empanadas y preparar el café. Juana hizo una breve serie de cálculos mentales, mientras que los soldados esperaron atentos detrás del coronel. Era bastante comida.

—Van a ser tres dólares —resumió ella.

—Disculpe, señora.

—¿Sí?

—Nosotros no tenemos plata.

—¿Cómo que no tienen plata?

—No contamos con los tres dólares hoy mismo, este glorioso día que nos ha brindado el regalo de conocerla, pero pronto vamos a recibirlo. Su marido Jacinto ha sido muy amable con nosotros y nos invitó a pasar con usted.

—Ja, ja, ja. Mire señor coronel, mi marido y yo nos conocemos mejor que nadie. Usted no me va a engañar inventándose cosas, además, yo soy la que manda aquí.

Las empanadas ya se les habían antojado a los otros soldados, quienes se veían repentinamente preocupados por la posibilidad de que el coronel no consiguiera ningún acuerdo.

—Disculpe, señora. Jacinto no es culpable de nada. Yo le prometo que le pagaré todo dentro de un mes, más cinco por ciento de interés, por confiar en nosotros.

Ella pensó bien la propuesta y luego respondió.

—10 por ciento.

Se escuchó el silbido de uno de los soldados, su tono en declive resaltó la desventaja repentina del coronel.

—¿10 por ciento? Señora…

—Así es. 10 por ciento, cuenta abierta por 30 días, hasta diez dólares máximo. Estamos aquí todos los días, salvo los domingos.

—Bueno…

—Y la yegua que dejaron afuera, ella se queda aquí hasta que hayan cumplido con la deuda.

—La yegua no es nuestra para regalar.

—Y tampoco es mío el pan para estar regalando.

—Señora, puede confiar en nosotros.

—Entonces no hay por qué dudar en dejar la yegua. Cuando me pague, yo se las devuelvo. Y si no, me la quedo.

—El gobierno de los Estados Unidos nos respalda y siempre se encarga de pagar.

—Por favor, coronel, ¿puede aclarar si usted estuvo del lado de la Unión o de la Confederación? Porque Jacinto es Republicano, siempre a favor de la Unión y los principios del presidente Lincoln.

—Yo también soy Republicano —declaró, no contestando la pregunta directa.

—Qué bueno.

Entonces, ella dejó que se instalara un silencio largo, no sintiéndose obligada a decir más. Los soldados ya estaban temblando de hambre, casi a punto de desmayarse por el calor, mientras que *Spitfire* la dragona se mantuvo firme frente a ellos, capitana de su hogar.

—Muy bien, señora —concedió el coronel—, aquí le entregaremos la yegua.

—Muy bien.

—Se llama Daisy.

—Nosotras la cuidaremos muy bien. Juliana, ve y llévatela para atrás.

Juana empezó a entregarle las empanadas a los soldados. Después les entregó el café y, por fin, los panes recién horneados con mantequilla.

—¡Qué deliciosos! —exclamaron desenfrenados, atiborrándose de todo con fervor.

—Este es el mejor pan que he comido en mi vida —dijo uno de los soldados.

—Es porque tu mamá no sabe cocinar…

—*You can kiss my ass…*

Se volvió a escuchar el silbido en declive, pero las ofensas menores no llegaron a nada, disipándose entre los espacios y las paredes de adobe.

—*I've never had bread this good either…*

—Muchas gracias —le dirigió con amabilidad al primer soldado—. Mire, aquí, señor coronel, le vamos a anotar el saldo, tres dólares más 10 por ciento de interés. No les voy a cobrar el café.

—Gracias, señora.

—Y nosotros nos encargaremos de Daisy.

—Gracias.

Las luces del atardecer empezaron a filtrarse por los rincones de la puerta exterior mientras comían, poniendo en relieve todas las largas sombras de los soldados hasta donde sus botas tocaban el suelo. Una vez que terminaron de comer, los soldados se marcharon con la última despedida.

—Buenas tardes, señora.

—Buenas tardes.

Esa noche, María Eugenia repartió la cena para toda la familia en la mesa comunal. Allí estuvieron Juliana, Juana y Jacinto. También estuvo el niño pequeño, Isidoro, a quien nombraron en honor a su abuelo. Como hacía con cada cena, Jacinto dio la bendición.

*"Ven a mi mesa, señor, bendice el pan moreno y llena el plato de hambre de amor y belleza."*

Empezaron juntos a cenar.

—¿Sabes quién llegó a vernos en la panadería?

—Ya me imagino. ¿Entonces ya conocieron al coronel Eugenio?

—Sí… aunque pienso que luchó por la Confederación.

—Yo le dije que fuera contigo, para darles negocio y para que se conocieran.

—¿Sabes lo que dijo? ¡Que no tenía plata!

—¿En serio?

—Fíjate nomás… Pero me aseguró que lo respaldaba el gobierno de los Estados Unidos.

—Qué barbaridad… ¿Y qué hiciste?

—Pues, tú sabes que yo no me dejo. Llegamos a un acuerdo —sonrió— y ya nos debe plata.

—¿Le gustaron las empanadas?

—Ay sí, los hubieras visto…

—¡Y el pan del horno! —añadió Juliana.

Juana le sonrió a su sobrina.

—Saben, el coronel está aquí para ayudarnos con el problema de las incursiones y saqueos…

—¿A eso vino?

—Supongo que no es su única tarea… hay que darle oportunidad a ver lo que hace aquí.

Juana tomó a Isidoro en sus brazos y empezó a hablarle con ternura.

—Mi pequeño niño eres tú, ay sí, Isidoro, Isidoro…

—Creo que sí debe de pagar.

—Bueno, con que nos pague. Yo no estoy aquí para alimentar al ejército de los Estados Unidos.

—Ja, ja, ja. Cada día me enamoro más de ti…

—Los soldados pagan con plata por el pan, plata por el pan…

—Ja, ja, ja.

—De hecho, ya pagó, mi amor. La yegua vale mucho más que su saldo. ¿Tú qué opinas, Juliana?

—Sí, fácil tía… Daisy es una preciosura.

—¡De acuerdo! Mañana deben llevar al niño a verla.

—Bueno —sonrió Juliana.

—A ver, ¿quién va a conocer a Daisy? ¿Quién, quién, quién? Isidoro, Isidoro, Isidoro… ¡Ay, sí!

Todas las palabras, los guisos y las tortillas colmaron los apetitos a través de la plática y el espacio de un silencio, mientras la luz de una luna muy llena comenzaba a iluminar una orilla de la mesa.

—María Eugenia, muchas gracias por la cena —declaró Jacinto antes de levantarse.

—Muchas gracias, tía —añadió Juana—, qué rico el pozole.

—Por nada.


*"Certificamos que el miércoles día 15 de febrero d.C. 1871 a las 5½ dela tarde nació nuestro primer hijo, Isidoro Armijo."*


* * *


Los apaches se identifican a sí mismos como *N'de*, un nombre que quiere decir *la gente*. Eran una enorme nación de nativos americanos que habían descendido desde el norte y cuyo dominio abarcaba Nuevo México, Arizona, Sonora, Chihuahua, Nuevo León, Coahuila y Tejas. Todas sus tierras amplias fueron denominadas Apachería por los colonizadores.

A tres siglos y medio desde la conquista de Tenochtitlan, los apaches eran la mayor nación indígena que seguía sin ser domada por el colonialismo. Era una nación que vivía en condiciones de guerra perpetua, la que había sido su fórmula para resistir.

Los orígenes de esta nación y su cultura cazadora recolectora evolucionaron con la llegada de los europeos, permitiéndoles resistir por mucho tiempo. Eran expertos en cada aspecto del campo físico de sus tierras; dominaban las llanuras y se movían rápido, con caballos y armas de fuego, para expandir su territorio y poder atacar con todo los asentamientos. También dominaban la emboscada y el saqueo, teniendo la fama de matar y saquear las villas desprevenidas, llevándose sus bienes y su ganado. Eran muy sabios y utilizaban con destreza la frontera dinámica entre Estados Unidos y México como un escudo entre ellos y los ejércitos nacionales. Eran estrategias muy potentes que les permitían mantener a los pueblos en jaque perpetuo.

Sus relaciones con las otras naciones indígenas eran complicadas y había muchas tribus que vivían al margen de sus ataques. Los pueblos nativos y los colonizadores españoles establecían alianzas de corto plazo entre sí, en gran medida al azar de los movimientos, pero estas alianzas tampoco eran sustentables. Los aliados de un día fácilmente se convertían en los enemigos del otro día y viceversa. Todo se trataba de sobrevivencia.

En 1879, la resistencia apache seguía en pleno vigor, desconociendo fronteras. Para entonces, Victorio se había convertido en uno de los más temidos jefes de toda la nación apache. Había estado entre varias reservas establecidas por el gobierno estadounidense, pero ya eran tantas las veces que había sido traicionado, y habían sido tantas derrotas, desplazamientos y pérdidas muy dolorosas que había sufrido su gente, que le llegó el tiempo de amplificar mil veces la intensidad de sus ataques para vencer de una vez por todas a sus agresores y establecer la seguridad de toda su gente a través de la Apachería.

Victorio y su gente huyeron de La Reserva Mescalero, que de Doña Ana estaba meramente al otro lado de la Sierra de los Órganos, cuando le llegó el aviso de que venían por él.

* * *

Las noticias devastadoras llegaron un sábado, tiempo después, por medio de los jinetes. Empezaron a llegar como una serie de relámpagos que arrasaron todas las villas del Río Bravo. Las noticias pintaban escenarios horripilantes, constatando la zozobra colectiva de la sociedad y amplificándola en gran medida, debido a la incertidumbre de la mala muerte que vislumbraban. Jacinto oyó todo el estruendo de los jinetes pasando por Main Street y salió para entender mejor lo que estaba pasando.

—Ha habido un saqueo total en uno de los ranchos al oeste de Santa Bárbara —le dijo apresurado a Juana, ya de regreso.

—¿¡Diego!? —exclamó ella, despavorida.

Jacinto se arrepintió de inmediato.

—No sé, mi amor. Parece que fue más al oeste.

—¿En qué rancho?

—No sé, no lo sé. Parece que fue en la Sierra del Diablo.

Juliana y todos los niños llegaron corriendo.

—¿Qué está pasando? —insistió Juliana.

—Todavía no sabemos, linda, voy a ver.

Jacinto ya estaba juntando lo que se iba a llevar consigo, preparándose para el rescate.

—Juliana, ve con los niños, por favor, llévatelos con Daisy.

—Es que, tía Juana… Diego se la llevó al rancho la última vez que estuvo aquí.

Un silencio repentino se apoderó de la familia, haciéndose sentir un temor que corría entre toda la columna vertebral y los huesos. Jacinto siguió juntando sus cosas, una cantimplora, binoculares, municiones, fósforos, nueces y algo de pan duro, colocando todo en un saco.

—Bueno, vayan al granero —concedió, arrepentida por haberle pasado la mala suerte a la yegua y por el miedo que esto había provocado en todos—. Ahorita los alcanzo.

—Sí tía. Escucharon pues, ya vámonos niños.

—¿A dónde vas? —llegó Isidoro directamente a preguntar.

—Nuestro sheriff, don Eugenio, está armando el grupo de rescate en Mesilla. Pronto vamos a montar y partir.

—Pero puedo ir contigo, padre.

—Ya sé, hijo —lo miró directamente a él y luego a Juana—. Pero tu madre y tus hermanos te necesitan aquí. Además, tú tienes escuela hijo.

—Pero hoy no hay escuela. Mañana tampoco.

—El lunes sí.

—¿Cuándo vas a regresar?

—No sé. En dos o tres días, te lo juro —lo abrazó—. Ve, anda con tus hermanos.

Solamente quedaron Juana y Jacinto.

—Voy a pasar primero con Diego.

—¡Jacinto!

De repente pensó en la mala noticia que le habían entregado en Mesilla, cuando tuvo que dejar a Juana y Estevanico en la fiesta y partir con urgencia. Todo esto lo abrumó, acercándolo a un temor más íntimo. Ella lo notó enseguida, así que fue y lo tomó en sus brazos. Aunque él lo sabía también, los dos tenían que mantenerse fuertes, el uno para el otro y para toda la familia.

—Escucha, Jacinto, escucha. Todo esto que está pasando con los apaches es mucho más grande que tú —se miraron con ternura a los ojos—. Aquí te necesitamos Jacinto. No olvides eso.

—Sí, mi amor.

—Si no regresas en tres días, yo voy a buscarte y traerte a la casa —le advirtió *Spitfire*, la dragona, recobrando su propia valentía para alentar a su marido—. Por mientras, yo me ocupo de todo aquí. ¿Entiendes?

—De acuerdo.

Se abrazaron nuevamente, sabiendo que les esperaban días de incertidumbre, quedándose envueltos hasta que llegó el tiempo de soltarse. Jacinto se abrigó muy bien, tomó su saco y su arma y salió de la casa, sin decir más.

* * *

Ya se había unido un grupo de veinte jinetes armados en la plaza de Mesilla, encabezados por el coronel Eugenio. El coronel provenía de otro lugar y otro tiempo, pero ya se estaba convirtiendo en un fiel ciudadano y amigo de Las Cruces. Oficialmente, era el sheriff, aunque mucha gente lo conocía simplemente como don Eugenio debido a su lealtad a toda la gente del área. Al poco tiempo, llegaron otro grupo de jinetes que se unieron al grupo del coronel. Mandó a uno de los jinetes en un caballo robusto a pedir el auxilio del ejército estadounidense en uno de los fuertes del norte. Entonces partieron.

Era un grupo muy diverso. Entre ellos había ciudadanos de Las Cruces, aldeanos de Mesilla y Doña Ana, granjeros, comerciantes, mano de obra y gerentes de oficios. También se había sumado una banda de renegados e insurgentes, adiestrados con armas largas, y pistoleros que había reclutado el sheriff. Solían ser de buenas intenciones y motivados para ganarse los favores de don Eugenio, además eran personas que jamás iban a perderse una bronca. Este fue el primer grupo de rescate que salió de Mesilla.

Emprendieron el camino que finalmente los llevaría a la Sierra del Diablo, por medio de Santa Bárbara, rumbo hacia el norte. Desde que salieron, fueron arrasados constantemente por unos vientos pluviales muy agobiantes que impedían cualquier tipo de avance rápido. Los jinetes seguían adelante, pasando por alto la transición del ocaso, empujando los caballos en contra de las inclemencias hasta muy avanzada la noche. Por fin llegaron a una encrucijada, donde Jacinto y tres otros jinetes se desviaron hacia el Rancho Silva, mientras que el grueso de la banda siguió hacia el rancho que fue saqueado. El camino estaba empapado de lodo y el esfuerzo de los caballos fue muy intenso durante este trecho.

—Esperen, hombres —exigió Jacinto de la nada—, hay que ir muy despacio.

Los demás desconocían por completo la ruta. Una zozobra terrible se apoderó de él en cuanto vio acercarse la cerca exterior del Rancho Silva, iluminada por sus antorchas. Al fondo destacaba la silueta de una casa, que se imponía como un castillo.

—Vamos, pues, Jacinto —impulsó Pancho.

—Cruz, Rodrigo, ustedes quédense aquí vigilando la puerta.

—Sí, don —contestaron, sus armas dispuestas.

—Nos cubren en cuanto escuchen algún llamado. Pancho, vámonos con cautela. Paciencia con el tiro, hombres.

Jacinto y Pancho se adentraron trotando por el terreno, que estaba empapado. Las lluvias seguían muy fuertes, mitigando todos los otros sonidos. A un lado del camino notaron que había mucha manzana pudriéndose en el lodo del huerto. Las primeras luces crepusculares, que no habrían estado muy lejos, todavía no lograban perforar la noche. Por fin pasaron por el establo, donde Jacinto se detuvo antes de asomarse para saber...

—¡Hiiii!

—¡Daisy! —exclamó, alzando una mano para asegurar a Pancho.

—¡Hiiii, hiii, hiii!

Daisy y los otros caballos se animaron con la llegada de los dos, oscilando entre relinchos y bufidos de emoción. Desmontaron y dejaron sus propios caballos reposar brevemente en el establo, ambos desgastados por el largo viaje y el esfuerzo de su empeño.

—Qué alivio que te encuentres bien, preciosa...

Jacinto le dio una larga serie de palmadas, mientras recuperó su aliento y tranquilizó algo sus nervios.

—Oye Jacinto, hay que darle para la casa, ¿no? —dijo Pancho después de unos minutos.

De repente surgió una luz.

—Jacinto, soy Diego —declaró la voz—, los vi desde antes.

El ranchero apareció, su sombrero goteando, su arma apuntando hacia el suelo, su rostro parpadeando en las antorchas de la noche.

—¡Diego!

Jacinto se emocionó y fue a abrazar a su cuñado.

—¿Cómo se encuentran, hermano?

—No he dormido en tres noches, desde que comenzaron las masacres.

—¿La familia?

—Bien. Están en la casa.

—Juana y Juliana temían tanto por ti. Se sentirán aliviadas de saber que están bien.

—¿Cómo están ellas?

—Las dos perfectamente bien.

Diego se conmovió al escuchar esto, sintiendo las palabras de Jacinto como un consuelo a su alma que había carecido de reposo.

—Mira Jacinto, lo único es que Jesús está enfermo. Y *Delirio* partió hace unos días.

—¿A qué?

—A buscar oro.

—¿Los tesoros de Moctezuma, dices tú?

—Así es… pero no ha vuelto.

Dejaron de hablar por un momento y luego miraron a Pancho.

—Diego, aquí está nuestro amigo Pancho Lucero de Doña Ana.

—Bienvenido, Pancho.

—Muy amable, don Diego.

—Además, tengo a dos hombres vigilando la entrada al rancho. Son don Cruz y don Rodrigo. Si quieres descansar, ellos pueden velar por ti.

—Temo que no voy a dormir ni un instante hasta que esto termine.

—Puedes contar con ellos, debes dormir.

—Gracias por la guardia.

—Mira, Pancho y yo tenemos que partir pronto y apoyar al sheriff en el rescate.

—¿El sheriff?

—Sí.

—¡Si acaban de llegar! ¿No quieren comer o reposar antes?

—La banda del sheriff ya se nos adelantó en el camino, pero aun los podemos alcanzar. Les diremos que hay que estar pendientes de *Delirio*.

El silencio dejó claro lo que tenían que hacer. Regresaron a estar con sus caballos para reanimarlos antes de seguir el camino.

—Parece que sus caballos están fundidos, Jacinto, ya no van a hacer nada. Vengan —Diego los llevó al fondo del establo—. Llévense a mis dos campeones, Hermoso y Montaña, ellos los llevarán con buen ánimo al rescate.

Jacinto y Pancho se quedaron boquiabiertos ante la aparente fortaleza y belleza de los sementales, que de inmediato le recordaron a Jacinto a Relámpago. Jamás habían contado con la posibilidad de cambiar caballos y ahora no podían rechazar la oferta, dada la condición de los suyos.

—Gracias por el refuerzo, Diego, los sementales nos van a dar buen amparo y valentía. Pronto volveremos contigo, antes de regresar a Las Cruces. Ahora, vete a dormir.

—Vayan con cuidado, cuñado, que esto es mucho más grande que ustedes.

Jacinto asintió y retrocedió sin decir más. No les quedaba de otra que seguir adelante. Los dos montaron.

—¡Ánimo, don Diego! —dijo Pancho, las últimas palabras.

Jacinto y Pancho se despidieron del Rancho Silva y se escabulleron en los albores de la madrugada, dejando a Cruz y a Rodrigo a cargo de su seguridad. Inspirados por la fuerza de Hermoso y Montaña, las primeras luces del nuevo día y la paulatina disminución de las lluvias, galoparon apresurados hacia la Sierra del Diablo.

* * *

Juana despertó con las primeras campanadas dominicales de madrugada. Hacía mucho frío en la casa y su primer instinto era envolverse por completo entre las capas de cobijas que la rodeaban. No había dormido bien. Se pasó muchas horas de la noche angustiada, cargada de temores, pesadillas y achaques físicos que la habían dejado sintiéndose chueca y poseída por espíritus errantes, casi envenenada. María Eugenia pasó la noche con ella, ya que los niños se habían dormido; le hizo té de chile y la abrigó del frío. Se sentó y se puso a tejer a su lado para acompañarla y tratar de aliviarla de su malestar. Su presencia constante y su ritmo la tranquilizaron poco a poco, hasta que por fin se pudo rendir al cansancio.

María Eugenia siguió tejiendo hasta escuchar los primeros cantos de los gallos, siempre atenta a la familia y dispuesta a hacer lo que fuera necesario para facilitar el bienestar de todos. Ya de día, empezaron a despertar los demás. Ella y Juliana salieron para recolectar huevos del granero y unas frutas del huerto; entonces, pusieron una cazuela de pozole sobre el fuego. Por fin, calentaron unas tortillas e hirvieron agua en un enorme hervidor de cobre para el café.

—¿Cuándo va a regresar mi padre? —llegó preguntando Isidoro.

—Buenos días, mi amor —le contestó, sin levantarse.

—Buenos días. ¿Cuándo regresa mi padre?

—No lo sé, mi amor.

—Él dijo que iba a regresar en dos o tres días.

—Es lo que dijo.

—Y ya pasó un día.

—Así es.

—Entonces, solamente faltan uno o dos días más.

—Él va a regresar tan pronto como pueda, mi amor.

—¿Piensas que va a regresar mañana?

—No lo sé, cariño.

—¿Pero es posible?

Su pregunta la dejó caer entre el abismo de todo lo que deseaba y todo lo que temía. Pero tenía que mantenerse fuerte y mostrarle buena cara.

—Aquí todo es posible.

Isidoro y Catarino empezaron a correr por toda la casa, mientras que el pequeño Maximiliano empezó a llorar, pidiendo la atención de su madre, exigiendo que lo cargara.

—Vénganse todos a desayunar —declaró Juliana, ya que todo estaba caliente.

Juliana levantó a Catarino y se lo llevó a la mesa comunal. María Eugenia se ocupó de Maximiliano, dejando que Juana siguiera acostada un rato más.

—Tortillas, niños —proclamó María Eugenia, con el bebé en un brazo, moviéndose con destreza entre la mesa y la cocina—. Desayuno, Isidoro, vente ya.

No le hizo caso. Se había metido al estudio para experimentar con los efectos de la lupa de Jacinto.

—Isidoro, el desayuno, mi rey —suplicó ella, mientras Maximiliano se puso muy revoltoso en sus brazos.

—Isidoro, hazle caso a tu tía —resonó la voz de Juana.

—Ella no es mi tía —remató, silenciando a todos menos a Maximiliano.

Juana saltó de su cama y llegó abruptamente a hablarle en el estudio, pellizcándole el brazo. Nunca se había escuchado decir eso en la casa.

—Tú necesitas ir a disculparte ahora mismo con tu tía —le dijo en un tono muy serio que no iba a admitir ningún otro desenlace—. ¿No ves todo lo que hace por nosotros?

—Perdón, mamá —se arrepintió de haberla molestado.

—No conmigo, con ella. Y más te vale que jamás vuelvas a decirle eso.

* * *

Ya era la primera hora de la tarde. Jacinto y Pancho todavía no habían alcanzado el grupo de rescate encabezado por el coronel Eugenio. Pensaban que deberían estar cerca, pero iban muy fatigados y se habían parado por necesidad cerca de un arroyo para recobrar sus fuerzas. Pancho no tardó en caer en una siesta caprichosa, mientras que Jacinto se acomodó en la orilla del arroyo, donde pudo recibir todas las sensaciones del sitio. La tierra en que se había recostado era firme, brindándole buen reposo al cuerpo; frente a él, sus oídos se aferraron a las ondas sonoras emitidas por el fluir del agua; más allá, sus pupilas se dilataron sin prisa ante la belleza de un desierto salpicado de tornillo, álamo y mezquite, de las nubes atoradas en las montañas y, por el otro lado, de un cielo que se había estado abriendo con el viento, poniéndose cada vez más azul. Como aquella vez que subió a la meseta tras la muerte de su padre, no encontraba ningún indicio que señalara violencia, ni la raíz o necesidad de por qué la habría.

Jacinto despertó a Pancho antes de que llegara la segunda hora, dándole tiempo para volver a equilibrarse.

—Soñé que estuve en Doña Ana. Escuché la voz de mi abuelo, ayudando en el nacimiento de una pequeña oveja. Aunque solamente lo vi de espaldas...

—¿Era tu abuelo Lucero?

—Sí. Ya no era yo de niño, sino de grande. Todavía me llamaba Panchito. Su voz era igual que siempre en el sueño. Nunca quiero olvidar esa voz.

Montaron y retomaron el camino, procurando reunirse con el resto del grupo. Apenas habían dejado el arroyo cuando fueron divisados por un soldado del ejército estadounidense. El soldado les hizo una señal al verlos y luego se interpuso en el camino con su caballo para impedir su avance.

—Caballeros, ¿qué hacen aquí? ¡El camino allá adelante está muy peligroso! —les advirtió.

—¡Necesitamos su ayuda! ¡Ha habido un saqueo total en uno de los ranchos!

—El ejército de los Estados Unidos se estará encargando del asunto.

Ninguno desmontó de su caballo mientras hablaban. Todas las palabras fueron emitidas en voz alta para que se pudieran entender claramente, ya que los vientos seguían rozando las colinas.

—Nosotros estamos aquí con el sheriff de Mesilla y su grupo de rescate.

—¿De Mesilla? Caballeros, con todo respeto, no estamos hablando de un saqueo aislado de un solo rancho, sino algo mucho más grande… ¡Les advierto que regresen a Mesilla!

—¡No podemos dejar a nuestra gente!

—Entonces vayan a su juicio, caballeros, pero no se dejen engañar. ¡Estamos en tierras hostiles!

—Con todo respeto, ¿dónde está su ejército?

—Estamos cerca. La caballería ya está formada y se está desplegando.

—Dile a su oficial que necesitamos su apoyo en la Sierra del Diablo.

—Caballeros, yo no doy las órdenes, pero sí le daré el informe. Le aseguro que ya hemos ubicado a Victorio y pronto lo vamos a arrinconar.

—Pues nosotros solamente vamos a apoyar al sheriff y atender lo del rancho. Entonces regresaremos a Mesilla.

—¡Mejor así! Estas tribus van a limpiar a su grupo con todo y el sheriff si los pescan desprevenidos.

—¡Entendido!

—¡Suerte, caballeros!

Siguieron hacia el oeste. Ya no se sabían los caminos y el terreno empezó a hacerse más rocoso, ondulando entre los distintos montes que componían la sierra. No obstante, pensaron que pronto iban a acertar con el rancho, y si no por lo menos se encontrarían de nuevo con la banda. Se pararon brevemente en una encrucijada elevada donde había una amplia vista del paisaje, ahora distinto de como se veía cuando estuvieron en el arroyo, para ubicarse mejor.

—Mira, Jacinto, en el valle —señaló una carreta viajando más abajo a toda prisa—. ¿Quién será?

—No sé, pero vamos a ver si los alcanzamos.

—¡Anda, Montaña!

Los dos sementales negociaron el acantilado con destreza, descendiendo con seguridad entre las capas hasta que llegaron al valle. De allí se desataron a todo galope, respondiendo con premura a las exigencias de los caballeros.

—¡Anda, Hermoso, anda, anda…!

No tardaron en acortar la distancia, alcanzando la carreta y suplicando que se parara.

—Venga, venga, deténgase —suplicaron Jacinto y Pancho—, deténgase…

El cochero los ignoró y siguió por el valle.

—Venga, venga…

No había ninguna duda con los sementales, que fácilmente sobrepasaron la carreta, obligándolo a hacerse a un lado.

—Eso… eso… sereno… sereno…

Jacinto y Pancho les dieron toques a las riendas y desmontaron. El cochero iba solo, la carreta parecía estar llena de sus bienes y pertenencias, aunque algo no se veía bien. Entre más se acercaban, más notaban que el cochero se veía totalmente aturdido y estremecido por algo.

—¡Manos del infierno! —exclamó cuando se le acercaron.

—Señor, somos de Mesilla. ¿Qué hace por aquí?

—Ahora sí ha llegado la mala muerte —dijo con una voz escalofriante.

—¿De qué habla? ¿Qué ha visto?

—La mala muerte está arrasando la tierra… Ya viene por nosotros.

—¿En dónde está?

—Se está volcando por toda la tierra… Manta ensangrentada… Burbujas del demonio…

—¿Qué está pasando?

—No está pensando bien, Jacinto, míralo, está todo aterrado.

—Hay que llevarlo con nosotros.

—¿Cómo vamos a hacer eso?

—No puede andar solo en su condición.

—Sus caballos se ven bien.

—¡Carajo! A ver, diga señor, ¿qué ha visto?

El cochero dejó de hablar.

—Jacinto… —exclamó, cambiando de tono.

—Sí —volteó a ver a su amigo.

—¡Allí, en el valle! —señaló, apuntando enérgicamente con el índice.

Jacinto giró. Venía una enorme caravana de jinetes y carretas, acercándose desde el otro lado del valle.

—¡Ha de ser nuestro sheriff!

—¡Sí, lo es! Y parece que vienen acompañados.

Al poco tiempo se habían reunido y estuvieron todos juntos. ¡Por fin! Entre ellos había unas carretas de familias que se habían sumado al grupo.

—¡Don Eugenio!

—¡Caballeros!

—Qué bien que nos encontramos. Algo muy extraño anda por estas tierras.

—¿Su hermano Diego?

—Su rancho y la familia están en orden. Allí están Cruz y Rodrigo, vigilando por ellos.

—Bien.

—Solamente falta un hermano, que se adentró intempestivamente en busca de oro. Se llama *Delirio*. ¿Lo habrán visto?

—Lamento decirte que no…

—¿Quiénes son ellos?

—Son unas familias de Chihuahua que se iban a California. Llegaron a un sitio donde encontraron lo que quedaba de una vil y deplorable emboscada, vagones saqueados, carretas destruidas, cadáveres pudriéndose en el tiempo…

Jacinto y Pancho escucharon atentos todas las palabras del sheriff, sometidos por la profundidad de lo que les contaba.

—Iban escoltados por unos soldados, que por suerte los habían encontrado en la sierra, pero muy apurados. Nos encomendaron a la gente para que los cuidáramos, diciendo que tenían órdenes que cumplir y que el ejército estaba cerca.

—Nosotros también vimos a un solo soldado. Nos dijo lo mismo, que estaban cerca.

—Ajá.

—Hay que llevar a esa gente al Rancho Silva, hasta que todo esto pase. Igual al despavorido que anda en aquella carreta; allá estarán seguros con Diego.

—De acuerdo —giró y pidió en voz alta—. ¡Don Ynocente!

—Sí, mi sheriff.

Don Eugenio eligió a Ynocente para escoltar a las familias de Chihuahua y al señor de la otra carreta hasta el Rancho Silva. Ya acordado el plan, primero tenían que salir del valle y ascender entre los montes, donde se irían por otro camino, mientras el grupo mayor iba a continuar hasta el rancho que fue saqueado. Para entonces ya tenían muy poca confianza de que hubiera sobrevivientes, pero era prudente saber si había víctimas o cuerpos que por lo menos se pudieran llevar para otorgar la dignidad de un entierro para las familias.

Para salir del valle tenían que atravesar un camino muy, muy largo. En la otra orilla estaba el camino que los iba a orientar bien, pero todos los pasos tenían que ser muy cautelosos. Sabían que era fácil divisarlos desde arriba, sobre todo porque eran una caravana grande. Eran presa fácil para cualquier enemigo que estuviera arriba. Dos de los jinetes iban más adelante para explorar el terreno y tratar de saber si había algún peligro oculto yaciendo en espera. Por fin llegaron a la otra orilla y al camino que iba hacia arriba. Subieron con cuidado, hasta que llegaron a la encrucijada de antes.

—¡Amigos! ¿Qué dice mi querido México? —llegó primero para animar a las familias de Chihuahua.

—¡Viva México! Eso sí… Fíjese que caímos en problemas de este lado. Por suerte nos encontraron aquellos dos soldados que nos dieron muy buen amparo.

—¡Nos ayudaron sin cobrarnos nada! —añadió otra voz—. ¡Eran muy respetuosos y educados!

—Tenemos un hermano que vive en California, esperándonos. Solo que llevamos muchos días de retraso.

—No se desesperen, amigos, California los va a esperar. Por mientras, están en muy buenas manos con mi amigo Ynocente. Él los va a llevar al rancho de mi cuñado. Ahí los alcanzo yo.

—¿Cuál es su nombre, amigo?

—Jacinto Armijo.

—¡Gracias por la motivación y el buen amparo, Jacinto!

Entonces llegó con su amigo Ynocente.

—Vayan con cuidado, amigo… Cruz y Rodrigo les darán la entrada. Dile a Diego que pronto regresaremos Pancho y yo con sus caballos.

—Así lo haré. Vayan con Dios, querido amigo.

Ynocente y toda la caravana se encaminaron hacia el Rancho Silva bajo su mando.

El resto de la banda siguió hacia el otro rancho. Al muy poco tiempo de la separación, se pararon de nuevo. Algunos de la caravana se quedaron mirando con la inspiración muy bien acostumbrada a las sorpresas de la naturaleza. Había dos mesteños, caballos salvajes, más allá en el camino. Querían acercarse más, para ver si los podían acorralar, apaciguar y domar; es lo que su sabiduría los llamaba a hacer. Al mismo tiempo, había algunos que se les quedaron mirando con desconfianza, presintiendo algo que no podían adivinar, algo sumamente horripilante. Uno de los caballeros se había conmovido por la presencia de los mesteños y empezó a acercarse, inatento a las súplicas del sheriff.

—¡Rafael, espera! —resonó el grito de Pancho—. ¡Rafael!

Tres flechas vertiginosas cortaron los ecos, instalándose en la carne de Rafael. Cayó tendido en la tierra, sin remedio. Uno por uno, empezaron a darse cuenta los del grupo del sheriff cuando hubo un clamor en el cielo y todo el monte se torció. Una multitud de flechas llegaron sin precedente, abrumando todo el escenario.

—¡Emboscada! —gritó el sheriff—. ¡Es una emboscada!

De pronto, cayó otro miembro del grupo de Mesilla. Su caballo se espantó, empezando a galopar desenfrenado. Los hombres trataron de protegerse como podían, detrás de un árbol, su caballo, una piedra, lo que había. ¡Ya no había carretas! Por fin empezaron a disparar, aunque no podían ubicar bien al enemigo. Parecían moverse las piedras en el monte, de donde provenían más retumbos de disparos. Llegó otra multitud de flechas, seguida por los gritos de guerra de los apaches, que se habían desplegado a todo galope en sus propios caballos. Todo el tiempo se revolcó entre las olas furiosas de ataque que venían, una tras otra, una tras otra. Pancho acertó con un disparo tirando a uno de los enemigos de su caballo. Pero eran muchos. Se vinieron tantos agresores que el núcleo del grupo del sheriff empezó a desintegrarse.

—Vete, Jacinto —gritó el sheriff entre disparos—, vete de aquí.

No le hizo caso. Cayó otro miembro del grupo, a pocos metros de donde estuvo Jacinto. Una flecha le había dado en el hombro, pero aún estaba vivo.

—¡Señor Tino!

Jacinto se apuró hasta donde estaba para vigilarlo con su arma.

—Jacinto, déjame, vete con tu caballo.

—No lo voy a dejar, señor Tino.

El chillido de las flechas y los gritos de guerra continuaron sin cesar. El ataque aparecía venir de todos lados, dominando todos los sentidos. No podían ver bien de qué lado se tenían que defender. De repente, se escuchó el grito del sheriff.

—¡NOOOOOOO!

Panchito Lucero, a cuya familia Jacinto y Estevanico habían portado tinas de agua en los primeros días de su nacimiento en fidelidad a las indicaciones del señor Tino, en la pequeña villa de Doña Ana de antaño, cayó inerte al suelo, habiendo recibido dos vertiginosas flechas de pecho. El sheriff respondió con todo lo que tenía, bajando a dos, incluyendo al que le había dado a Pancho.

—¡PANCHOOOOOOO! —resonó un tremendo llanto desesperado por toda la sierra, buscando en vano el alma de un querido ser, que había sido inapelablemente saltado por aquella frontera infranqueable que es la muerte.

Montaña se quedó solo. Por algún instinto proveniente del todo, quizás la única chispa de suerte que iba a brindar aquel encuentro tan funesto e infausto, Montaña supo exactamente dónde estaba Hermoso y se fue a su lado.

—¡Jacinto, sálvate! —le gritó el sheriff—. ¡Ya no podemos hacer nada aquí! ¡Jacinto, piensa en tu familia! ¡Jacinto! ¡Vete! ¡JACINTOOOOOOO!

Impulsado por la adrenalina y el corazón que latía furioso, Jacinto levantó al señor Tino con toda la fuerza que tenía, subiéndolo a Montaña. Enseguida montó a Hermoso y los dos sementales se escabulleron, galopando con máxima velocidad lo más lejos de allí que pudieron.

# TRES

Doña Ana, Mesilla y Las Cruces se detuvieron, arrasados por el silencio de un largo luto colectivo que resaltó la ausencia y serenó la gravedad de todos los fallecidos. Las ondas sonoras portaban la inocencia de sus risas y alegrías cuando jugaban caprichosamente entre las casas de adobe, sus sombras de niñez difuminadas a través de la llanura y un río compartido, aún dotado de isletas de recuerdos consoladores que fueron destapados al unísono entre capas de conciencia, lágrimas, voces y testigos para colmar el vacío de sus nombres e historias, fantasmas fugaces que ocuparon su lugar entre las villas, anhelos ilusorios vagando sin prisa tras el silencio aldeano que permeaba todos los semejantes. Era un silencio fuerte y abrumador que no distinguió el otro más amplio y contundente del más allá, ajeno, disimulado por los vacíos colindantes y el ondular de los caminos, apartado sin piedad a través de todos los ejes, un silencio propiamente suyo, arraigado a las tierras que abarcaban su eternidad, un silencio que se detuvo ante el penúltimo ocaso de la Apachería cuando se tendió el gran núcleo, rayado de mil colores y los destellos desbordantes de su esencia, la imposibilidad de tanto deseo de congelar la luz y perdurar, raíz de resistencia.

*　*　*

La casa de la familia Armijo estaba en Main Street, Las Cruces. Jacinto y Juana se instalaron allí cuando se casaron para hacer de ella su nuevo hogar. La casa era de adobe, su fachada en Main Street era muy amplia, con varias puertas exteriores. El interior de la casa era muy profundo, con 12 cuartos y cinco chimeneas. La mayoría de los pisos eran de madera, salvo la cocina que tenía piso de tierra; la gran sala era enorme, un lugar donde se podía recibir a bastante gente, bailar y festejar en grande con una mesa comunal, sillas de terciopelo, bancos de madera, lámparas y alfombras. Muchos de los muebles y adornos los obtuvieron como obsequios de matrimonio o los adquirieron alguna vez en los mercados de Santa Fe. Otros todavía eran de los tiempos de José Ysidro, hechos de los álamos de Doña Ana o de antes, mexicanos. También había los que pertenecían a la familia Silva desde generaciones atrás. El fondo de la casa se abría a una placita cuadrada, dotada de campanas y una pequeña fuente de agua. Más allá había tres jardines, incluyendo un huerto, un granero y un establo con varios corrales para los caballos y el ganado, más tres retretes exteriores privados que iban de chico a mediano y grande. Todo estaba rodeado por paredes de un metro de ancho que delineaban el límite rectangular del terreno.

Era un tiempo espacio movido e inspirado, en que Jacinto y Juana sintieron todo el entusiasmo por el porvenir. Tenían toda la expectativa y la emoción de ser recién casados; eran jóvenes con toda su vida por delante, enamorados por completo. Ahora tenían su casa. Fue en aquellos días cuando Juana estableció la Panadería Silva, a poca distancia de su hogar. No tardaron en tener sus primeros hijos. Primero nació Isidoro; treinta lunas después, Catarino; y por fin, con otras treinta lunas, Maximiliano. Los tres nacieron en la casa y

Jacinto siempre estuvo atento para precisar la fecha y la hora y apuntarlos bien en sus registros. Eran una familia dichosa y amorosa, dedicada a su comunidad, fiel a su tiempo. Sobre todo, eran felices; aunque la vida era dura y no todo les fue perdonado. Todas las flechas se habían orientado severamente en su contra desde el saqueo del rancho y la emboscada en el monte, cuando todo el cielo se revolcó. Quizás era un plan divino que los preparaba para poder lidiar con algo más, aunque en aquel entonces nunca se hubieran podido imaginar lo que sería. Tenían mucha esperanza y emoción por recibir a sus nuevos hermanos, a quienes habían nombrado de antemano Jacinto y Enrique; sin embargo, los dos les fueron repentinamente arrebatados desde el parto hacia la infinidad, más allá del tiempo. Los demás se quedaron con los brazos y los corazones vacíos. Juana se quedó con el dolor tan cruel y solitario de sus pechos a punto de reventar, repletos de su leche.

—¿Dónde están nuestros bebés? —se preguntaban desesperadamente todas las noches, angustiados hasta lo más fondo de su ser—. ¿En dónde están?

El vaivén de Las Cruces los acompañó en su duelo. La casa de la familia Armijo fue un fiel testigo de los dos bebés que perdieron, otorgando el espacio y el tiempo que exigían las heridas de su existencia colectiva. María Eugenia, Juliana y Diego siempre estuvieron allí, haciendo todo lo que podían para aliviar el dolor de la familia y darles el reposo obligado para sanar.

—Hay que seguirle dando —los alentaba María Eugenia—, con el tiempo habrá paz y sanación, con cada día habrá la esperanza de un nuevo amanecer.

Juana y Jacinto lloraron todas sus lágrimas y más y más y más. Sin saberlo, Isidoro, Catarino y Maximiliano fueron la salvación de su mamá y su papá, exigiendo que de alguna forma se mantuvieran al tanto de la lógica de la capa cotidiana y las expectativas continuas de vida, hasta que el tiempo por fin empezó a colmar todos los vacíos en sus corazones con la presencia etérea y el amor eterno de Jacinto y Enrique. Esto fue algo nuevo, algo que no existía antes, una sensación, una serenidad que habría de acompañarlos por siempre.

Los restos fueron enterrados en uno de los jardines. Sus nombres fueron tejidos en las telas que se fundieron al adobe y a las fábricas de su conciencia. Las paredes y los pisos, los espacios y todo el andamio de la casa adquirieron los espíritus deambulantes de Jacinto y Enrique que siempre estuvieron ahí vigilando a la familia, dispuestos a sorprender o hacerse sentir al azar del todo.

*   *   *

Las guerras de aquella etapa se atenuaron en gran medida con la muerte de Victorio en 1880, en la Batalla de Tres Castillos en Chihuahua, a manos del ejército mexicano. Ya habían caído los jefes Mangas Coloradas y Cochise. El ejército estadounidense seguía persiguiendo asiduamente a Gerónimo hasta obligarlo a su rendición final en 1886, poniendo fin a su modo de resistir la colonización y la conquista. Ya no había un jefe o un núcleo que uniera a la nación apache como antes. Ya no habían los enfrentamientos bélicos e incursiones sistemáticas que habían empleado desde siglos para mantener a las villas en desequilibrio. Esto abrió paso al desarrollo y crecimiento de los asentamientos provenientes del colonialismo, alentados por la disminución de la que había sido su mayor amenaza. La mayoría de los apaches fueron tomados cautivos con la última rendición, siendo empujados y reducidos entre las distintas reservas, siempre al margen y al capricho del gobierno. Las demás personas de ascendencia apache fueron desbandadas y se esparcieron, integrándose como pudieron, perdiéndose en la sociedad blanca.

Un día, María Eugenia recibió a un mensajero que había llegado corriendo a la casa de la familia Armijo. Lo recibió en la entrada y lo dejó pasar a ver a Jacinto, quien estaba redactando una carta en su estudio. El mensajero era un joven y estaba muy emocionado por lo que hacía.

—Don Jacinto Armijo, ¿es usted don Jacinto?

—Yo soy Jacinto, a su servicio.

—¡El despacho ha recibido un telegrama a su nombre!

El mensajero sacó un telegrama de su mochila, que estaba llena de los mensajes que todavía le faltaba entregar. Jacinto dejó la pluma para recibir el telegrama directamente en la mano.

—Gracias, joven. ¿Esto quiere decir que las líneas ya están en servicio?

—¡Sí, señor! Todas las líneas cayeron en silencio hace unos días, pero ya las arreglaron. El despacho se ocupó de inmediato, hemos estado recibiendo y transmitiendo todo el día.

—Qué bueno.

—¡Sí, y ahora estamos muy ocupados! —el mensajero se detuvo brevemente, impresionado por todos los estantes y columnas de libros que había en el estudio—. Bueno, lo dejo don Armijo, ¡buen día!

Jacinto se emocionó. Había estado esperando ese telegrama desde hacía tiempo.

—¿De qué se trata eso, padre? —le preguntó más tarde Isidoro.

—Es un telegrama del *Atchison, Topeka & Santa Fe Railway.* Sus ejecutivos vienen a Las Cruces y me están pidiendo una reunión.

—¿Es para lo del tren?

A partir de entonces, todas las flechas volvieron a orientarse a su favor. Hacía muchos años que la diligencia *Butterfield Overland* hacía una parada dedicada en la plaza de Mesilla. Esta parada daba la entrada para que llegara gente de lejos, vinculando Misuri hasta California; pero era muy lento, muy peligroso y de baja capacidad. La diligencia hacía 10 horas a El Paso, dos días a Albuquerque, tres días a Tucson, 12 días a San Francisco y 12 días a San Luis. Jacinto aún guardaba el sueño del tren que de niño le había implantado el oficial en Mesilla. Ahora se estaba acercando el tiempo de volverse realidad.

—Espero que sí, Isidoro. Todavía se está decidiendo dónde se va a ubicar la parada.

De eso se trataba la reunión. Todos los comisarios y los empresarios ferrocarrileros empezaron a llegar al área para examinar las tierras e indagar dónde sería prudente establecer las vías y paradas de la línea principal para vincular Santa Fe y Albuquerque con El Paso. Jacinto sabía bien del impacto positivo que el tren había llevado a las ciudades del norte. Ahora deseaba lo mismo para Las Cruces.

Mesilla fácilmente era la villa más grande del área, pero sus ciudadanos se opusieron a la idea de inmediato. Jacinto fue a hablar con ellos para entender su punto de vista. Al principio, pensó que podría convencerlos de los beneficios, pero su esfuerzo no llegó a nada. En cambio, volvió a sentir la misma brecha con sus vecinos que había sentido tras la Venta de La Mesilla, quienes habían sido algunos de sus más queridos amigos de la vida. Como la familia de Estevanico, sus familias habían cruzado el Río Bravo y fundado Mesilla para preservar su nacionalidad y cultura. Todavía guardaban todo el rencor de que su tierra se hubiera vendido, como para proporcionarle a los Estados Unidos los derechos de vía para lograr una ruta sureña para el tren; no querían tener nada que ver con la expansión del ferrocarril debido a la injusticia que sufrieron en el pasado, temiendo el impacto que iba a tener en sus viviendas y su estilo de vida en el futuro. Jacinto recibió la respuesta con todo respeto, respaldando a la gente de Mesilla frente a los empresarios y enfocándose en un camino alternativo.

En aquellos días, había mucho campo abierto entre las villas de Mesilla y Doña Ana. La mayoría de estas tierras pertenecían al Rancho Armijo, extendiéndose con languidez desde Doña Ana hacia el sur, hasta que colindaban con un lado del andamio de Las Cruces, al noreste de Mesilla. Jacinto todavía estaba pensando en el legado de su padre y en la distribución de sus bienes, trabajo que iba a extenderse mucho más allá que la etapa de una sola vida. Tomando las riendas, se unió con unos emprendedores e inversionistas y establecieron su compañía, *Las Cruces Town Company*. Entre ellos, juntaron todos sus bienes destinados a apoyar al movimiento ferrocarrilero y realizaron una secuencia de transacciones para formar un conjunto enorme de tierra, que incluía en gran medida los pastos familiares que fueron cultivados por su padre.

Este fue el paso que abrió todo.

*Las Cruces Town Company*, encabezada por Jacinto, tuvo una serie de juntas con los funcionarios de *Atchison, Topeka & Santa Fe Railway*. Las tierras facilitaron todas las negociaciones y los intereses estaban lo suficientemente alineados, así que no tardaron en llegar a un acuerdo. *Las Cruces Town Company* otorgó todas las tierras necesarias para que el ferrocarril pudiera establecer el derecho de paso y ubicar la estación en Las Cruces, todavía a una distancia al oeste de Main Street. Entonces, para vincular la estación con el centro de la ciudad, *Las Cruces Town Company* otorgó un trozo de tierras intermedias, divididas en terrenos, para establecer la nueva adición de Las Cruces. Así es como una parte del Rancho Armijo fue convertido en plan y cuadrícula de la ciudad, dándole el espacio y el potencial para facilitar el crecimiento y desarrollo entre Main Street y las vías del tren. *Las Cruces Town Company* había cumplido con su misión fundamental. Este fue un punto de inflexión, un salto enorme que lo cambiaría para siempre.

Isidoro acababa de cumplir 10 años y estaba muy emocionado por la novedad; se veía acercándose cada vez más, a través del empeño de la mano de obra, la instalación de las vías férreas y el paulatino surgir de la plataforma.

—¿A dónde vamos a poder ir con el tren? —preguntó, llegando con una tremenda zancada desde el pasillo hasta la sala.

—El *Atchison, Topeka & Santa Fe Railway* empieza en el este, en Kansas City, Misuri. De allí se viene hacia el oeste, casi siguiendo la ruta del Camino de Santa Fe.

—¡Camino de Santa Fe!

—Entonces, desde la capital, se baja por Albuquerque, Socorro y Rincón, hasta llegar aquí al punto de Las Cruces.

—¡Punto de Las Cruces!

—De aquí lo puedes tomar hacia el sur, a El Paso y a Chihuahua. O por el otro lado, hacia el oeste, a Tucson y hasta San Francisco, California.

—¡San Francisco, California! —exclamó, alzando los brazos, saltando ligeramente una multitud de veces, con pies livianos, salpicando la tierra solamente para volver a saltar.

—Así es.

Los meses y los días parecían multiplicarse antes de dividirse, entre la visión y la larga ejecución del plan, que por fin otorgó el gran estreno ferrocarrilero. La muchedumbre era impresionante. Parecía que todo Las Cruces salió para recibir el primer tren, vaciando Main Street, relegando el centro al ganado callejero. Jacinto y Juana estuvieron allí con Catarino y Maximiliano, mientras que Isidoro se perdió entre toda la gente, acercándose lo más que pudo a los rieles.

—¡Isidoro! —lo sorprendió una niña de la misma edad, a quien conocía bien de su vecindario.

—¡Hola, Alicia!

—¿Qué haces aquí?

—Esperando a que llegue el tren.

—¿Puedo esperar contigo?

—¡Sí! Ven, vámonos para allá.

Los dos se fueron hasta el extremo de las vías, donde había un poco de menos gente. Todo el ambiente era muy animado y cargado de anticipación. Isidoro y Alicia vieron cómo se habían formado corrientes de gente que iban y venían como hormigas, que a veces se topaban o se deshacían dentro de la muchedumbre. Como el tren no llegaba, la gente empezó a rugir y reclamar que llegara. Pero los dos no se preocuparon mucho por acercarse desde antes. Tenían toda la ventaja de ser chicos, rápidos y ágiles.

Ella lo tomó por la mano y le dio un beso.

—¡Este es el mejor día! —le dijo ella.

Entonces, se empezaron a escuchar a lo lejos los silbatos de vapor. Las ondas sonoras llegaban oscilando entre distintos tonos muy agudos, perforando cada dimensión de la atmósfera, mientras que los dos se mantuvieron agarrados de las manos, ambas palmas ligeramente sudorosas de sus nervios, su inocencia y anticipación.

—Mi querida Alicia, ¿quisieras casarte conmigo un día, mi flor? ¡Entonces nos iremos en el tren muy lejos de aquí, hasta San Francisco, California!

—¡Ay, Isidoro! ¡Ya no puedo esperar! —lo envolvió en sus brazos.

Los silbatos se siguieron escuchando mientras se acercaba, haciéndose cada vez más fuertes e intensos, hasta que por fin disminuyeron. Por un rato, no se sabía muy bien lo que estaba pasando, hasta que adivinaron que el tren se había detenido a cien metros de la entrada a la estación debido a toda la gente que había en las vías. Algunas personas sabían lo que estaba pasando y trataron de pedirle a la gente que se moviera, sin resultado. No se sabía bien cómo se iba a desplazar tanta gente, ya que no respondían a las exigencias de los oficiales de la estación, hasta que llegaron tres pistoleros intempestivos que dispararon continuamente hacia el cielo.

—¡Apártense de las vías para que pase el tren!

—¡Apártense todos, apártense!

El proceso era muy lento, pero la gente empezó a vaciar los rieles, colmando todos los espacios de los dos lados. El conductor tuvo mucha paciencia, esperando el suficiente tiempo hasta que pudiera avanzar con seguridad, despacito, despacito. ¡Por fin llegó! La gente lo rodeó de inmediato, mientras que los ingenieros, operadores y mecánicos salieron para hablar con la gente.

—¡Ahora sí, vamos a tocarlo!

Isidoro y Alicia consiguieron la forma de moverse entre la gente, sin soltarse las manos. Se acercaron lo más que pudieron, llegando por la parte trasera del tren, del lado opuesto de la estación. De repente, se abrió un hueco que les permitió quedar frente a uno de los coches.

—¡El tren es de otro mundo!

No sabían qué hacer con toda la emoción que sentían, vinculando su amor descubierto al azar de la llegada del tren. Nunca lo iban a olvidar. No solamente eran ellos; había tanta energía ese día que perduró entre la gente por mucho, mucho tiempo. ¡Era el nuevo reloj de toda el área! A partir de entonces, el ritmo y todo el crecimiento y desarrollo de Las Cruces empezaron a relacionarse, relativo al tren. Los silbatos de vapor cortaban el aire, imponiéndose contundentemente para anunciar la llegada y salida de todos los trenes. Se podían escuchar hasta muy lejos, colmando toda la nueva adición hasta Main Street y más allá.

El ferrocarril trajo de todo. Cada tren llegaba con el misterio y la emoción de quienes venían desde lejos para hacer su parada en Las Cruces. Llegaban puntualmente todos los porteros y conductores en sus carretas y coches para darle la bienvenida a la gente, compitiendo por ganar su preferencia y llevarlos a cenar o reposar. Hoteles, restaurantes, tiendas, cantinas, burdeles, viviendas y todo tipo de servicio se establecieron alrededor de la estación, revitalizando la zona. La casa de la familia Armijo quedaba muy bien ubicada para aprovechar esta energía; salían de su casa y ya estaban en medio de la acción, del comercio y el cambio. Esto les permitió perseguir sus mayores ambiciones.

—¡Qué emoción y alegría! —decía Juana ante toda la familia—, ¡no hay mejor tiempo para estar vivos!

Jacinto sonrió en acuerdo. Habían redescubierto la felicidad y el amor, tras todos los grises.

*"Dos rieles, que relumbran como dos lisos listones, indican el camino que atraviesan los ferrocarriles."*

* * *

Isidoro se detuvo ante la luna. Allí apareció de la nada, inesperada, la creciente que solía verse en el horizonte tras los días obligados de su ausencia, siguiendo al sol en un arco inevitable hacia la noche. Era la misma luna fina que había visto hacía rato, cuando estuvo cabalgando con su padre en la meseta. Los dos fueron conmovidos hasta el fondo por su nitidez, mientras se apresuraron para regresar a Las Cruces y volver a la casa. Había cosas que hacer, asuntos que atender.

¡Qué distinta era la vida desde aquella vez! No había estado consciente del tiempo discurrido y había perdido todo contacto con la luna durante los días anteriores. De repente, supo lo que había sido un mes, constatado por el eje divino. Sintió todo el intercambio contundente de emoción, esperanza y ansiedad por el regocijo y alivio que había vivido la familia desde entonces. Se metió apresurado a la casa y fue corriendo para buscarla.

—¡Hay luna, mi princesa! ¡Tu primera luna!

Él ya tenía quince años, una novia y un caballo. Ahora tenía una hermana. Su nombre, Josefina; la primera hija de Juana y Jacinto, nacida en Las Cruces el 20 de septiembre de 1886. Era una bebé reluciente y preciosa, de piel morena, el cabello café y liso, la nariz celestial de su mamá, con unos ojos cafés que eran muy grandes y muy intensos. De inmediato se convirtió en la consentida de toda la familia.

Desde que nació, siempre estaba rodeada de gente que venía a verla. Diego la cargaba y la paseaba por toda la casa. Cuando la acostaba, allí estaba *Poeta* para arrullarla con su canto y su arpa; cuando despertaba, allí estaban Catarino y Maximiliano, asombrados por cada movimiento y sonido que hacía. Entre todos, se pasaron las veinticuatro horas vigilando su sueño, acariciándola con ternura, sonriéndole cuando abría los ojos, jugando con sus puños o sus pies y platicándole de todo. Isidoro llegaba seguido con Alicia, que para entonces se había convertido en el amor de su vida. Cuando Josefina fue lo suficientemente grande para salir de la casa, los dos se la llevaban de paseo por Main Street, para presumirla. Era un tiempo desbordante de emoción. ¡Qué orgullo tener una novia y una hermana!

Creció rápido la niña y se hizo muy fuerte. Para su primer cumpleaños, ya estaba gateando por toda la casa, casi caminando cuando se apoyaba entre mueble, silla y pared; para su segundo año ya estaba corriendo. Le hicieron una fiesta muy grande para marcar el segundo, Juana, Juliana y María Eugenia se pasaron los días anteriores decorando la casa, haciendo tamales, empanadas y pozole para los invitados.

Las sopaipillas eran la especialidad de Juana. En la Panadería Silva las vendían todos los días, pero en la casa solamente las hacían en ocasiones especiales. Sus manos sabían por instinto y destreza heredada cómo amasar la harina, siempre tanteándola con huevo y agua, para que adquiriera buena forma y consistencia. Ya lista la masa, cortaba las piezas y las freía en manteca; cuando salían, las espolvoreaba con azúcar y canela y quedaban listas. Se comían con miel o con una de sus mermeladas de durazno, fresa, manzana o albaricoque, frutos de su huerto. Eran muy pegajosas y sumamente deliciosas. Le encantaban a Josefina.

—Ya no eres una bebé… —le dijo Isidoro aquella tarde, colocándole una corona de papel en su cabeza, lleno de orgullo—. ¡Ahora eres una niña grande!

*"La niña de Don Jacinto Armijo y Doña Juana S. Armijo fue bautizada el viernes pasado, por el Rev. Cura Pedro Lassaigne, siendo sus padrinos Frank y Francis Reinhart."*

* * *

Inspirado por la señora Abeita de toda la vida e impulsado por su familia, Jacinto se dedicó con esmero a desarrollar caminos educativos para los jóvenes de Las Cruces. Isidoro, Catarino y Maximiliano iban a una escuela privada, pero pronto iban a ser mayores de edad. Hasta entonces, las opciones eran muy limitadas.

*Las Cruces College* fue fundado en 1888 por el visionario y educador Hiram Hadley, abriendo las puertas del primer colegio en todo el valle de Mesilla. Un año después, el territorio de Nuevo México aprobó una concesión de tierras para un colegio agrícola; todo esto abrió paso para que el colegio se convirtiera en *New Mexico College of Agriculture and Mechanic Arts*. El colegio llegó en el tiempo indicado para alinearse a las flechas y aprovechar todo el crecimiento y las ventajas del tren. Ahora había lugar en Las Cruces para educar a los jóvenes, sin tener que mandarlos a otras ciudades para recibir una educación avanzada. Jacinto se sumó al movimiento como miembro fundador de la junta directiva.

Isidoro se inscribió, desde luego, dedicándose a todo lo que estaba dentro de su alcance.

Literatura, filosofía, política, negocios, oratoria, agricultura, geología, trigonometría, ingeniería, mecánica, ley constitucional, historia contemporánea, historia de toda la civilización. No dormía. Se pasaba las noches con la lámpara de queroseno encendida, rodeado por las tazas de té que le llevaba María Eugenia y por los tinteros, sumergido en los libros. Fue durante estos años escolares formativos que se convirtió en un escritor; escribía novelas, textos e historias, en español y en inglés. Hacía traducciones de obras de autores prestigiosos. También empezó a ser publicado. Isidoro era un gran orador, dominando la voz y la inflexión de emociones para interpretar y cautivar a una audiencia. Era muy persuasivo, utilizando su destreza en inglés y español para acelerar cada propósito y conversación que se presentaba ante él.

De pronto, descubrió que el nombre Armijo le abría muchas puertas para conocer gente de la alta sociedad. Iba a recibir a la gente que venía de lejos en la estación del tren, muchas veces con su padre, pero otras veces por su propia cuenta, y los llevaba a cenar. Eran emprendedores, políticos, escritores, innovadores, gente de fama o de traje y dinero. Trabajaba día y noche para alinear sus habilidades con el desarrollo continuo y progreso social de Las Cruces. Todo esto lo hacía envuelto en la pasión de su relación con Alicia. Siempre la estaba obsequiando con libros, dulces, perfumes y flores importadas de Santa Fe; con cada regalo le dedicaba un poema en el que plasmaba su amor eterno por ella.

Jacinto llegó a ser nominado como regente de *New Mexico A&M* por el gobernador, Miguel Antonio Otero, siendo el primer regente nativo de Nuevo México en la historia del colegio. En su oficio, iba seguido a Chihuahua para reclutar jóvenes, abriéndoles su casa y dándoles posada hasta que se pudieran establecer en Las Cruces. Su afán siempre lo llevaba a apoyar a que todos los que quisieran pudieran acceder a la educación.

En medio de tanta cosa, nació Jennie un lunes 26 de diciembre, su último regalo navideño de todo el año. La segunda niña de Juana y Jacinto era seis años menor que Josefina y 21 años menor que Isidoro. El orgullo de la familia parecía ser sin límite.

—¡Somos bendecidos, mi amor! —se escuchaba exclamar a Juana todas las mañanas—, ¡qué bellas nuestras hijas, qué hermosa familia!

—¡Mi querida familia —concordó Jacinto—, va a llegar muy lejos en la vida!

*"El Gobernador Otero ha nombrado como Regente del Colegio Agrícola a Don Jacinto Armijo. Es un destino de altas responsabilidades y envuelve gran honor. Desde el momento en que los alambres nos trajeron la noticia, corrió el rumor como rayo y todos en general han aprobado el nombramiento. Con este nombramiento el pueblo mexicano tendrá la satisfacción de ser no solo reconocido, sino también representado."*

* * *

Llegó el tiempo en que Maximiliano e Isidoro se fueron a México, ambos por distintas razones.

Maximiliano se fue a Oaxaca con todo el entusiasmo de emprender unas excavaciones arqueológicas relacionadas con la cultura zapoteca. El viaje de Isidoro, en cambio, fue ostensiblemente declarado como una tarea política, aunque toda la familia sabía que tenía todo que ver con el amor de su vida, quien lo había dejado repentinamente plantado, sin motivo o aparente razón, haciendo un viaje a Chihuahua e inundándolo en una ola frenética que pulsaba entre la rabia y la insistencia. Al inicio se pasó día y noche leyendo la carta que le había dejado, rastreando la tinta, oliendo todas las huellas para acercarse lo más que pudo a la esencia de la razón. Ya a punto de reventar, empacó un veliz a toda prisa y se fue corriendo a la estación para tomar el último tren de la noche que salía hacia el sur, solamente despidiéndose de su mamá con un pretexto mal meditado y la promesa de escribirle pronto.

*"Arrojando la carta en su escritorio… se irguió arrebatadamente y empezó a dar grandes pasos, toda clase de vueltas al derredor de su cuarto, al igual que un tigre… sin descanso en su jaula… ¡Dios mío, dios mío!, rugió, se ha ido irremisiblemente… ¿cómo puedo yo enfrentar el mundo sin ella…? ¿qué haré?"*

Debido a las circunstancias de aquella época en que estaban, Catarino fue el que convivió más con Jennie, de todos los hermanos mayores. Le encantaba su hermana y se la pasaban jugando todo el tiempo. Jugaban a los trenes y los puentes en el jardín de mucha sombra, haciendo pequeños lagos y ríos en la tierra.

—Aquí hay un tren en el puente —decía, mientras rayaba la tierra con un palo.

—¡Bravo, preciosa! ¿Y a dónde va ese tren?

—Aquí hay una montaña —empezó a juntar la tierra para hacer unas pequeñas colinas— y otra montaña para el tren.

—¡Qué bonita montaña, es muy grande! ¿De qué color es el tren?

—Catino, es rojo.

—¿Por qué rojo? —le sonrió.

—Porque solamente tenemos rojos de estos… —aclaró, señalando el color del palo.

—¡Bravo, preciosa!

—Aquí hay otro tren en el puente… —dijo, rayando otra línea en la tierra, paralela a la primera.

Un día, Catarino empezó a llevar a Dolores a la casa. Su padre era un general en el ejército mexicano, de mano dura. Afortunadamente, su mamá encontró la posibilidad de escaparse de los confines que él le había impuesto, llevando a toda la familia a Las Cruces para que Dolores y sus dos hermanas pudieran estudiar en *Loretto Academy*. Dolores no se sentía del todo a gusto con el cambio, le costaba mucho entender el inglés y extrañaba mucho su vida en México, pero se llevaba muy bien con María Eugenia y le encantaba jugar con Jennie.

—Tu tía me recuerda mucho a mi abuela —le comentaba seguido a Catarino.

—¿En qué sentido?

—Simplemente en cómo es, cómo se siente por toda la casa, cómo sonríe, cómo guarda las palabras. No dice mucho, pero se ve que sabe de todo.

—¡Así es ella!

—Y esa cazuela de pozole que hace… ¡Ay, ay, ay, qué rico pozole!

* * *

Hubo un verano en que Catarino, Josefina y Jennie se la pasaban jugando secreto, piedra o burbuja. Se turnaban entre los tres, empezando con Catarino.

—Secreto. Una vez Isidoro se levantó a la medianoche y escondió todo el pan dulce que era para el otro día. ¡Mamá se sorprendió en la mañana! Se puso a hornear, pensando que se había acabado, ¡pero solamente fue Isidoro, que no quería compartir con los demás!

—¡Ja, ja, ja!

—¿A poco lo regañaron?

—Mamá sí lo quería regañar, pero ya sabes cómo es.

Josefina siempre optaba por burbuja cuando podía formar una con los labios y su saliva. ¡Pero a veces no le salían!

—¡Uuaaaff! —refunfuñó.

Tomó una de sus piedras y la puso en medio de la pila. Jennie también optó por piedra.

—Secreto. Hay unas monedas enterradas en el jardín.

—¿En serio? ¿Dónde?

—No sé. Allá por ese corral al fondo.

—¿Cuántas monedas?

—Unas dos o tres. ¡Pero no vayan a cavar mucho pozo o van a saber que les dije!

La burbuja le falló otra vez con los labios.

—Secreto. Una vez vi a papá llorando.

—¿Ah, sí? ¿En dónde?

—De noche en su recámara. No le gustó que lo viera así… estaba muy triste.

—Yo también lo he visto llorar.

Jennie optó por piedra. Entre rondas, solía chuparse los dos dedos de en medio de la mano derecha, dejando el índice y el meñique encontrar su reposo natural en ambas mejillas.

—Secreto. Me gusta cuando hay menos gente en la casa.

—Secreto. No me gustan las cebollas, para nada.

—Ese no es un secreto, ¡todo mundo lo sabe!

Le sacó la lengua e intentó de nuevo.

—Secreto. ¡Se me acabaron las piedras!

—¡Ja, ja, ja!

—Ese tampoco es un secreto, pero te dejamos.

—Secreto. ¡Yo tengo más piedras!

—¡Ese es muy buen secreto, Jennie!

—Secreto. Yo sé cómo abrir el cofre de Maximiliano.

—Secreto. ¡Yo sé lo que hay en el cofre de Maximiliano!

—¡Ja, ja, ja! ¡Eso tampoco es secreto!

Josefina remató, acertando claramente con una burbuja redonda que mantuvo por unos segundos con los labios cerrados.

—¡Qué buena burbuja! —la felicitaron—, ¡esa sí fue una burbuja!

Jennie volvió a optar por piedra.

*　*　*

Un día, Catarino se levantó y empezó a contarle a su mamá y a María Eugenia su acontecimiento nocturno.

—Anoche estaban Jacinto y Enrique… ¡Yo estuve con ellos!

—¡Ay, Catarino! ¿¡En dónde estaban mis bellos!?

—Estaban por un rato en mi recámara y luego se pasaron al jardín.

—¿¡Y qué hicieron o cómo estuvo!?

—Ellos me despertaron. Al inicio me asusté, ¡algo tremendo!, hasta que supe que eran ellos. Cuando entendí, ya no tuve miedo.

—¿¡Te dijeron algo!?

—No. ¡Pero yo sabía que ellos sabían que éramos los tres! Los seguí al jardín y allí estuve con ellos por un rato, hasta que ya no… ¡Estaban bien, mamá!

—¡Mis hijos adorados! —irrumpió, espontáneamente—. ¡Ay, cómo los quisiera volver a soñar!

Jennie había escuchado todo.

—¿Quiénes son?

—Ellos son tus hermanitos, Jacinto y Enrique.

—No… Jacinto es papá.

—Tu papá Jacinto es tu papá, pero también tienes dos hermanitos.

—Nosotros somos tres niños y dos niñas.

—Sí, lo son. Pero también tienen a Jacinto y Enrique.

—¿Dónde?

—¡Sus espíritus están aquí, Jennie! ¡Yo estaba con ellos anoche!

—Los vas a tener en el corazón, mija.

—¿Cuándo van a regresar?

—Uno no puede saber… Siempre están, pero no siempre es igual.

—Yo los quiero ver como Catino.

—Tú no los vas a ver con los ojos, pero los vas a sentir. Y cuando pase, lo vas a saber.

Empezó a chuparse los dos dedos. María Eugenia regresó con ella más tarde y le entregó dos almohadas muy chicas que había hecho para sus hermanitos, diciéndole que ella los podía guardar en su recámara. Esa noche fue a despertar a Josefina.

—Ven conmigo —le pidió.

—¡Jennie! ¡Ay, me asustaste…!

—Ven conmigo… —insistió.

—¿A qué? ¿Qué pasó?

Las dos se tomaron de las manos y empezaron a caminar por la casa. Pasaron por las recámaras de puntitas, para no despertar a su mamá y papá o a Catarino. Notaron la luz encendida en la recámara de María Eugenia al fondo de la casa, pero no llegaron hasta ella. Se quedaron paradas un rato en la sala, entre el zaguán y la cocina, hasta que por fin salieron al jardín.

—Pero ¿qué estamos haciendo, Jennie?

—Buscando a Jacinto y Enrique.

—Ay, Jennie…

—Yo los quiero ver.

Las dos se inclinaron entre las campanas y la fuente, bajo la luz tenue de la lámpara exterior, no muy lejos del huerto. Josefina pensó que había entendido la primera capa de su lógica, la raíz que la impulsaba a buscarlos.

—Pero ya es de noche. ¿No estarán dormidos ahorita?

—El corazón es su recámara… Cuando despiertan, se pasan entre la casa y el jardín.

Con la explicación se metió los dos dedos en la boca, acurrucándose en el brazo de su hermana.

* * *

*Delirio* llegó a Las Cruces el viernes 18 de septiembre de 1896. No lo habían visto por mucho tiempo y la familia disfrutó mucho de su compañía en la casa. Después de la comida, Jacinto y Josefina lo llevaron a hacer un recorrido por Main Street; pasaron por las distintas tiendas de abarrotes, la panadería y la zapatería, que ya estaban cerrando, un taller de herreros, más los restaurantes, hoteles y cantinas que empezaban a abrir. Todos los corrales y los postes que bordeaban la calle se estaban ocupando y desocupando de caballos ante el movimiento de carretas, perros, ganado callejero y personas haciendo la transición del día a la noche.

Entraron en una taberna, al otro extremo de Main Street, para que Jacinto y *Delirio* pudieran disfrutar de un tequila. Era un lugar exclusivo. El dueño era un amigo de Jacinto y su hija Sadie Shyrock una íntima amiga de Josefina, así que no hubo ningún problema en que ella los acompañara. Cuando salieron, tiempo después, ya había oscurecido; la calle se había llenado de todos los mineros, rancheros y vaqueros que habían regresado para el fin de semana. Iban de vuelta a la casa cuando pasaron por el *Majestic*, una cantina dedicada a la clase trabajadora que se llenaba de gente todos los viernes. Ese lugar ya no era adecuado para Josefina y Jacinto tampoco la iba a dejar sola de noche, pero *Delirio* no se pudo resistir.

—Los veo en la casa —sonrió, antes de meterse.

—¿Hasta qué hora te debemos esperar?

—Nada más me voy a echar uno o dos tragos, cuñado.

—Bueno. Solamente no olvides que el cumpleaños de Josefina es este domingo.

—¡Sí, tío, ya voy a cumplir 10!

—¡Jamás lo podría olvidar! A ver… ¿qué día es hoy?

—Ja, ja, ja. ¡Hoy es viernes, mañana es sábado!

—¡Excelente! ¡Así que todavía nos queda mañana!

Esa noche hubo una bronca tremenda en el *Majestic*, una cosa que fácilmente brotó dentro de la cantina, atiborrada de borrachos, armas, deudas y malentendidos, un *todos contra todos* que se desparramó en la calle, dejando dos muertos y sembrando lo que serían las venganzas tomadas en los días por venir. Las armas largas todavía estaban cargadas y a punto de rendir cuentas con *Delirio*, cuando por suerte llegó el nuevo sheriff del condado de Doña Ana, Pat Garrett, con sus asistentes para poner fin a la bronca.

—No se preocupen por *Delirio* —les explicó el sheriff el sábado por la mañana—, él está bien dormido en el suelo de la cárcel.

El cumpleaños de Josefina llegó ese domingo. Jacinto, Juana y toda la familia le obsequiaron un burro café con blanco, con las orejas erguidas, que llevaba un florero de girasoles atado a su cuerpo.

—¡Ay, Pedrito! —exclamó, corriendo a su lado para abrazarlo.

Le dieron desde la casa hasta Mesilla Park con un grupo de 20 niñas de su edad, cada una sentada en su propio burro. Entre sus mejores amigas estaban Annie Garrett, hija del sheriff, y su amiga Sadie. Colocaron todas las mantas en el suelo, no lejos de donde dejaron los burros atados a unos postes, y dejaron a las niñas colmar el espacio con su alegría caprichosa. Juana y Jacinto desempacaron las canastas, que estaban llenas de empanadas, galletas y melones, ¡como si la Panadería Silva se hubiera trasladado allí por ese día!

Los colados no tardaron en sumarse a la fiesta y entrarle al pan dulce. El *picnic* iba a medias cuando llegó el sheriff, poniéndose a platicar con Jacinto mientras se comían unas donas.

—¡Sheriff Garrett! —llegó uno muy atrevido a hablarle— . ¿Es cierto lo que dicen, que tú fuiste el que mató a Billy the Kid?

Solamente sonrió el sheriff. Era una pregunta que estaba bien acostumbrado a recibir.

Catarino y Dolores se pasaron todo ese día con Jennie, llevándola con ellos en su vagón, jugando y comiendo con ella, encargándose de su bienestar y felicidad. A poca distancia se empezaron a escuchar unos mariachis tocando guitarra, tambor y trompeta al atardecer. Se abrieron por completo, cantando y desprendiendo su pasión por las fiestas patrias de México, marcando 86 años desde el Grito de Dolores, que seguía dando para siempre. Era un conjunto de energía y emoción que se sumó a la fiesta de cumpleaños de Josefina y su regocijo de contar con Pedrito.

* * *

Catarino llegaba muy seguido corriendo a donde estaban sus hermanas.

—Vamos a jugar *¡un, dos, tres!* —les decía, cosa que les encantaba.

Levantaba a cualquiera de las dos que encontraba disponible y luego gritaba *¡un, dos, tres!* girándola en el aire, tirándola con el máximo cuidado sobre la cama. Enseguida se arrojaba encima de ella, abrumándola de besos y cosquillas.

Una vez Josefina y Jennie estuvieron solas en la casa cuando se le ocurrió lo mismo a la hermana mayor. Tomó a la niña entre sus brazos, cantó el *¡un, dos, tres!* y la arrojó sobre la misma cama. Desafortunadamente, no midió bien y la niña rodó más allá del lado opuesto y se cayó. Recibió un golpe directo en la cabeza contra el suelo duro, un choque que la dejó llorando muy fuerte.

—¿¡Qué pasó, qué pasó!? —llegó corriendo Juana desde fuera—, ¿¡por qué está llorando!?

—¡Perdón, mamá, perdón!

—¿¡Qué le pasó!?

—¡Es que se cayó de la cama!

—¿¡Cómo que se cayó!?

Jennie acudió como pudo a los brazos de su mamá, estremecida al máximo por el golpe, dejando que la cargara.

—¡Josefina me tiró! —reclamó entre sollozos que siguieron muy fuertes.

—Solamente quería jugar el *¡un, dos, tres!*, como hacemos con Catarino.

—¡Pero tú no puedes estar tirando a la niña así! ¿¿No ves lo que le pasó??

—¡Perdón, mamá!

—¡Necesitas disculparte con ella, no conmigo!

Josefina se quedó callada, no encontrando las palabras.

—¡¡¡DISCÚLPATE CON ELLA!!!

—¡Perdón, Jennie…! ¡Fue un accidente! ¡Perdón…! —se desató, corriendo de la recámara, llorando a la vez.

Pasó un tiempo hasta que la niña por fin se apaciguó de las lágrimas, chupándose los dos dedos durante toda la tarde, adquiriendo una hinchazón enorme de cabeza que destacó el impacto del golpe.

Aquella noche llegó Jacinto acompañado por su gran amigo Francis Parker, el juez supremo. Salieron todas con Juana para saludarlo, pero las dos niñas se presentaron muy agotadas por el día, cosa que fue obvia para todos. Entonces Jacinto vio la cabeza morada de Jennie, ¡se veía muy mal!, pero Juana lo miró con calma para tratar de aliviarlo ante su visita.

—¡Qué preciosas son las dos! —proclamó Francis Parker delante de las niñas, no perdiendo ni un segundo.

—Gracias, mi querido amigo.

—Cuando esas dos niñas lleguen a casarse —continuó el juez supremo de todo Nuevo México—, ustedes me contactan o buscan con toda urgencia, no importa dónde esté o qué esté haciendo… No habrá mayor honor que presidir las ceremonias de Josefina y de Jennie y constatar sus bodas.

—¡Muchas gracias por el honor de tus palabras y tu oferta tan generosa!

Jennie y Josefina lo escucharon y se quedaron hipnotizadas por las palabras del juez, que les dieron un camino hacia la reconciliación.

—Yo soy una princesa —declaró Jennie, con una disposición impecable y preciosa.

—Así es —reconoció su hermana—, ¡tú te vas a casar con el primer príncipe que llegue a Las Cruces!

—¡Y luego tú con el segundo!

—Y luego yo con el segundo.

Esa noche llegó con ella, cuando ya estaba dormida en su cama. La envolvió en un abrazo de amor desde un lado y allí se quedó rendida al sueño hasta el otro amanecer.

* * *


Cuando cumplió 12 años, Josefina empezó a estudiar en *Loretto Academy*, ubicada al lado extremo de Main Street. Era una escuela para niñas grandes, adolescentes y mujeres jóvenes, que procuraba dar una enseñanza amplia mediante la doctrina católica, en fidelidad a las normas de sociedad que aplicaban a las mujeres en aquel entonces. Había muchas familias mexicanas y nuevomexicanas que todavía se estaban acostumbrando a considerarse estadounidenses. La escuela les daba un camino para sentirse más integradas a la sociedad blanca, que les quedaba más allá de Las Cruces. Fue en aquellos días cuando vio por primera vez a Milano.

—Adelante, muchachos. Están en su casa.

Los silbidos de vapor se escucharon incrementarse a cierta distancia, mientras pasaron dos jóvenes con Jacinto a la sala. Era domingo, cuando se acostumbraba a hacer una cena semanal en la casa dedicada a los alumnos mexicanos que él había reclutado para iniciar sus estudios en *New Mexico A&M*.

—¡Hola, papá!

—Josefina, mi amor, ¿puedes atender a los muchachos y hacerlos sentir en su casa? Necesito ir por el gobernador.

—¿Van a cenar con nosotros?

—¿Los muchachos o el gobernador?

Ella le sonrió.

—¡Sí, hija!

—¡Qué bueno!

—Ahora voy, que ya viene Miguel.

No era la primera ni la última vez que Jacinto se reunía con el gobernador del estado. A veces iba a Santa Fe a verlo, otras veces lo recibía en Las Cruces, siempre dándole la bienvenida en la estación. Solía llegar con dos guardaespaldas, que se iban a dormir en el Hotel Don Bernardo, que no estaba lejos. Entonces Jacinto lo llevaba a su casa, donde le darían cena y una recámara para alojarse durante su estancia; el gobernador tenía la fama de gustar del espagueti, así que Juana siempre se lo hacía acompañado por su pan especial.

Josefina se quedó frente a los dos muchachos, que parecían ser solamente un poco mayores que ella. No eran tímidos, así que no se restringieron en sus palabras.

—Yo soy...

—Josefina —le sonrió—. Qué honor, Josefina. Mi compañero es Jaime, Jaime Quiroz.

—¡Hola, Jaime!

—Y yo soy Milano.

—¡Encantada!

—Todas las flores envidian tu belleza, Josefina —soltó Milano, tomando la ruta más directa a su corazón.

—Ja, ja, ja. ¿Y a qué suerte le debo agradecer que lleguen a mi casa?

—A todas las tierras y los polvos sedientos por recibir semejante sonrisa...

—¡Buenas tardes, muchachos! —llegó Juana, intercalándose en la sala, desobligando a Josefina de responder a Milano.

—Buenas tardes, señora.

—¿Cómo se llaman?

—Yo soy Milano, un placer, señora.

—Yo soy Jaime, a su servicio, señora.

—Bienvenidos. Siéntanse como en su casa, muchachos.

—Les iba a enseñar los jardines, mamá.

—Habrá tiempo para todo, pero primero te necesito a ti en la cocina —aclaró, saliendo de la sala.

Josefina alzó los hombros sin decir más y se deslizó hacia la cocina con la elegancia y cortesía de una bailarina saliendo del escenario.

A partir de esa noche, Milano empezó a escribirle a Josefina. Le hacía llegar unas cartas en donde plasmaba, directamente desde su corazón, todo lo que sentía por dentro. Solían llegar cuando menos esperaba, a veces por medio de María Eugenia o Juana, quienes las dejaban dentro de una canasta, atadas a una flor o colocadas encima del mueble en su recámara. Una vez incluso le mandó un poema por telegrama. Las guardaba todas en el mismo cajón y luego las sacaba caprichosamente de noche para releer una o dos de ellas. Catarino notó cómo las palabras de Milano impactaban a Josefina, siempre conmoviéndola hasta el fondo.

—¿Puedo leer una?

—Puedes leer esta.

Catarino la tomó y la leyó sin prisa, arrancándose el cabello con una mano a la vez.

—¿Cómo hace esto?

—No sé... Dice que escribe lo que siente.

—¡Increíble! ¿Puedo leer las otras?

—¿Para qué las quieres leer? Milano y yo solamente somos amigos...

—Ya lo sé.

—Bueno, estas sí las puedes leer. Pero esta no... esta tampoco.

Catarino se tomó su tiempo leyendo las cartas. De repente se las llevó a la mesa y empezó a escribirle una carta a Dolores, copiando las palabras de Milano.

—Pero ¿qué haces?

—¡Escribiéndole a Dolores!

—¡Pero no son tus palabras!

—Ya sé, pero pienso que le gustaría recibir algo así.

—¡Ay tú…! Te quiero mucho, hermano.

—¡Y yo a ti!

* * *

*Me engañaste anoche en un sueño celoso,*
*sentí la desesperada soledad de nuestro amor*
*amortiguado por la presencia del otro*
*quien ocupaba mi lugar en tu corazón.*

* * *

Maximiliano e Isidoro regresaron a Las Cruces el viernes 30 de diciembre de 1898.

—¡Regresaron, Jacinto!, ¡mira qué gloriosa y dichosa la noche! ¡Regresaron nuestros hijos! ¡Hay que celebrar! ¡Nuestra familia está unida! ¡Han regresado!

Descansaron brevemente, pasando 20 horas de reposo entre las recámaras, los jardines y el pan dulce, disfrutando con tranquilidad de todas las delicias de casa que Juana les hizo con tanta alegría. El sábado 31 de diciembre cenaron fuerte y luego tuvieron una recepción en la casa con unos refrescos. Empezaron a llegar todas las amigas y amigos, desde las nueve de la noche; a las 10 empezaron los brindis elegantes y espontáneos de parte de los amigos, en los que les deseaban una larga vida llena de felicidad. Milano se sumó al escenario para presentarse ante Maximiliano e Isidoro y dar su agradecimiento a toda la familia Armijo. Para las 11 ya daba con todo la orquesta en la gran sala de la casa, en las vísperas del Año Nuevo, que se estaba acercando sin forma de detenerlo. ¡Hubo una enorme concordancia de energía y emoción trascendente que se sentía a través de todos los ejes!

Las campanas marcaron la media noche. El tiempo preciso hubiera sido debatido por la variación natural de los relojes presentes, pero los retumbos mitigaron cualquier duda, constatando que habían entrado en 1899. ¡Surgió una ola de emoción que estalló en los gritos, besos y abrazos que de pronto se convirtieron en el seguir bailando de la noche!

—¡Isidoro! ¿Qué pasó con el amor de tu vida? —le preguntó un amigo.

—Fui a buscarla, pero Alicia se quedó en Chihuahua. Se casó con un supuesto minero de Zacatecas, mucho mayor que yo…

—Perdón amigo, lo siento mucho…

—No hay que pedir perdón… Sabes, es que ella siempre quiso un verdadero hombre de plata.

—Ja, ja, ja.

—Pero yo no me voy a lamentar… ¿Sabes por qué?

—No, ¿por qué?

—Porque ella me juró que aún me iba a escribir… y si eso no fuera suficiente, ¡me encontré a mi hermano Maximiliano… y me lo traje conmigo para devolverlo a casa y hacer feliz a mamá!

—¡Por eso sí vale la pena olvidarla!

Hubo un breve momento en donde los músicos pensaban que se iban a despedir a las tres de la mañana, pero no fue así. Al notar esto, todos los jóvenes reunieron dinero para pagarles hasta las seis, exigiendo tres horas adicionales de baile. Para las siete empezó a aparecer la primera luz crepuscular del año. Ya era domingo primero de enero y la mayoría de la gente se había rendido e ido a su casa a dormir, pero no todos.

Josefina, Isidoro, Maximiliano y unos cuantos amigos, incluyendo Sadie, Annie y Milano, fueron a la primera misa del año nuevo en la Misión de la Iglesia de Santa Genoveva. Para cuando terminó, estaban muertos de hambre.

—¡Mira, Maximiliano! ¡*La Güera*!

Era su restaurante favorito de Las Cruces.

—Buenos días, jóvenes. ¡Feliz Año Nuevo! —fueron recibidos en la entrada por la dueña.

—¡Georgia! ¡Feliz Año Nuevo!

—¡Qué gusto tenerlos por aquí!

—¡Feliz mil ocho nueve nueve!

—¡Ja, ja, ja! ¡Primer agüero, primero de enero!

—No, ese fue primer misionero.

—Primer esmero, primer jardinero…

—¡Eso fue!

—¿Qué les puedo ofrecer?

—¡Yo quiero de todo!

No tardaron en salir los platos de huevo y picadillo, sopa de arroz y frijoles, aquellas enchiladas navideñas, más café y limonada y tortillas. Se atiborraron de todo.

La familia Armijo pronto se daría cuenta de que el regocijo de Isidoro era efímero, que seguía desolado hasta el fondo por haber perdido a Alicia en su vida. Pero aquella mañana, todavía existía la verosimilitud de que su corazón la había soltado para seguir adelante sin ella. Todavía dominaba la sensación de estar reunido con todos y de haber festejado la entrada al Año Nuevo como se merecía hacer.

—Imagínense todos, solamente falta un año para llegar a 1900.

—¡Cierto! Solamente falta un año para entrar al nuevo siglo…

—1899 tendrá que ser un año extraordinario, para dar una entrada digna al 1900.

—Pues, ¡yo diría que lo hemos empezado bien!

—¡Eso!

—¡Tampoco olvidemos la tertulia!

—¡La tertulia! Se me había olvidado…

—¿Cuándo empieza?

—¡A las tres de la tarde! Habrá las sopaipillas de mamá, con té y café.

—Eso es lo único que me hace falta ahora, una sopaipilla.

—Una sopaipilla y luego una cama para dormir.

—Ja, ja, ja.

—¡Yo no tengo sueño!

—¡Yo tampoco! No voy a dormir hasta el dos de enero…

—¡Yo hasta el tres!

Después del desayuno se despidieron uno por uno de sus amigos y regresaron a la casa, cayendo profundamente en el ensueño.

—¡Qué de tiempo! ¡Una noche perfecta! —exclamó Juana ese día, empezando a amasar la harina, deseando tener todo listo para la tertulia en la sala—. ¡Qué gloria volver a tener a todos mis hijos en casa!

Jacinto estuvo de acuerdo.

—¡He tenido mucha suerte en la vida! Si alguna vez no estoy aquí para cuidarte, mi amor, para eso está la familia.

*"… la verdad les desea también a los jóvenes Armijo un risueño porvenir sembrado de bienestar y prosperidad…"*

* * *

—¡Apúrate, papá, ya llegó el conductor! —exclamó Jennie.

Para entonces, la niña ya tenía siete años. Llegó Jacinto y la envolvió en un abrazo enorme.

—Te veo más tarde, mi bella princesa. ¡Ay, cómo te voy a extrañar!

Era un día importante para Jacinto. Esa tarde iba a recibir al gobernador Otero en la estación del tren para acompañarlo frente a una audiencia en *New Mexico A&M*. Primero tenía que atender al asunto de William Earl Wainright.

William era un borracho y un estafador. Jugaba póquer; se sabía todos los trucos de engaño y maniobras para quedarse con el dinero. Era un hombre altísimo, siempre armado, con un bigote grueso y refinado. Amenazaba a la gente en voz alta para quedarse con la suya, pero todo era una fachada. Era medio ciego, sin nada de puntería; nunca le había disparado a nadie. Una vez fue mal juzgado, debido a su asociación con otro. El sheriff del condado de Doña Ana lo había declarado inocente, pero esto no les importaba a los familiares de la víctima; todavía carecía la justicia. William era inocente, pero la mala muerte y la venganza requerían una solución. No se lo iban a dejar pasar y se lo advirtieron; al mediodía lo iban a fusilar en la calle.

El acusado no tenía muchas opciones. Era llegar y entregarse a un fin no muy bien merecido, o no llegar y tener que vivir con la fama de ser un cobarde temeroso, que no tuvo la dignidad ni el aplomo para enfrentar a los hermanos, nombrar y declararse en contra del verdadero asesino. William procuraba hacer todo lo necesario para preservar su dignidad. Acudió a Jacinto, quien tuvo la capacidad de agendar una junta con los hermanos de la víctima esa mañana, en presencia del sheriff. Los hermanos llegaron listos y dispuestos para acabar con William, pero desplazando por lo pronto las armas, entraron en la cantina donde empezaron a negociar, mediante el alcohol. El sheriff, quien también era muy alto, casi de la estatura de William, se enfocó en desviar la rabia de la familia, mientras que Jacinto trataba de conseguir el testimonio.

—Pa' arriba y pa' abajo…

—Sin fondo y sin fin, caballeros.

—Volémonos a cero.

—En fin, ¿quién fue el asesino?

—Yo soy William Earl Wainright y no soy un asesino. Pero tampoco soy un soplón, soy una persona con dignidad.

—William, con todo respeto, estos señores acaban de perder un hermano sin ningún motivo o razón.

—Prepárate, William…

—¡Esperen!

—Señores, les puedo asegurar que el asesino jamás volverá sin enfrentarse a la cárcel y la justicia.

—Con todo respeto, no queremos que se consiga cárcel, sino plomo…

—Todavía te falta nombrar al asesino…

—Nunca podrá volver a pisar Las Cruces… pero mis hombres lo buscarán.

—Ahora sí, William, ¿quién fue?

—Ve sus ojos, puedes ver la rabia de estos señores, que está muy bien justificada…

—¡Necesitas hacerlo ya! ¿No ves que te van a matar?

—Yo soy el sheriff, yo procuro llevar a la justicia, pero esta te toca a ti…

—Se nos está acabando el tiempo.

—Caballeros, ¿a qué vamos?

—¿Desean otro aguardiente, o qué va?

—No puedo prevenir que te maten si no cooperas.

—Esperen, no lleguemos a eso…

—¿Por qué lo quieres proteger?

—¡Carajo, William! —gritó Jacinto, ya sintiendo el mal efecto del alcohol—. ¿Quién fue el asesino?

—¡¡Gabriel Joaquín!! —relampagueó, soltando el nombre y desprendiendo toda su furia al instante—, ¡¡Gabriel Joaquín fue el asesino!!

Su confesión puso fin al interrogatorio y dio entrada a una calma inesperada. No hubo más palabras por un tiempo, en donde las emociones se atenuaron tras la novedad de la admisión. Se empezaron a escuchar los silbidos de vapor a la distancia. Era el tren que venía de Santa Fe.

—Mis hombres harán todo lo posible para entregarlo a la ley. Yo aquí les doy mi palabra, como el sheriff, de que el asesino no volverá a Las Cruces sin confrontar a la justicia.

—Mis respetos al sheriff y a don Jacinto —declaró el hermano mayor, hablando por los demás—. Ya nos vamos. Caballeros, ya no hay nada que hacer aquí.

Los hermanos se fueron, agradecidos por el empeño que había dado resultado. Resonaron más silbidos de vapor.

—¡Ya viene! —exclamó ya que se habían ido los hermanos, pensando en el gobernador Otero—. Tú vete a casa, William. No te vuelvas a meter con esa familia.

—Entendido. Gracias, Jacinto. Sheriff. Buenas tardes.

Salieron apresurados de la cantina. El coche de Jacinto y su conductor ya no se veían por ninguna parte.

—Toma mi caballo —le ofreció espontáneamente el otro.

—Pero todos van a pensar que yo soy el sheriff.

—Para que conste —le dijo, pasándole su insignia—, por hoy lo eres.

—Gracias. No tardo en devolvértelo.

Montó a toda prisa. Quería estar allí para recibir al gobernador desde su entrada a la estación, ¡qué suerte había tenido de rescatar la situación de William Earl Wainright! Aún no se sentía muy bien. Había algún efecto nauseabundo del aguardiente y el ritmo de galope que no le permitía acostumbrarse a la silla. Un asco tremendo se apoderó de su ser.

Entonces pensó en Jennie, en cómo extrañaba sus palabras y su abrazo. Qué lejos se sintió ya de ella y su sonrisa de la mañana.

Otra ola de asco lo arrasó. ¡Qué ganas de devolver! Ya no podía aferrarse bien o precisar lo que estaba pensando. Se inclinó para ver si se podía alinear mejor al galope, cuando fue sorprendió por un carruaje enorme que iba derecho hacia él, tirado por cuatro caballos. Jacinto reaccionó como pudo, siendo derribado en un instante. Fue desplegado de su caballo y tumbado con mucha fuerza contra la tierra, su pierna derecha destrozada por el impacto. Su cuerpo se rindió por completo, tendido en el suelo del desierto, en Las Cruces, Nuevo México; su conciencia temía tanto por su familia…

* * *

Su cuerpo yacía tergiversado, sin orientación a la cama, hundido en un áspero mal aliento y el chapoteo de las copas desbordantes de mezcal, que eran muchas, mal acomodado entre la red de nudos que formaron las prendas y el vendaje, encima de la pierna inferior que carecía de sangre, abrumado de dolores agudos, heridas e infecciones mal atendidas, torcido por el andamio que le mantenía doblada la rodilla, contrario al eje común, su ser deambulando entre las cuevas de un laberinto subterráneo, desunido de su cuerpo, andando entre imágenes y recuerdos que llegaron repentinamente entre los bloques más lentos de oscuridad, una imagen aleatoria de su padre que llegó, una imagen proveniente de los escombros de su mente, cómo él lo veía de niño, las hierbas que lo hacían vagar, errando de noche entre los senderos del rancho y la villa, buscando una salida de su propia pesadilla, obsesionado por la conquista y el oro, envuelto en los achaques nocturnos y recurrentes que lo atormentaban, el temor constante a la muerte que lo esperaba detrás de la puerta, una imagen que desapareció al instante de ser concebida para dar la entrada al siguiente bloque de oscuridad e inconsciencia sobre su familia, no dejándolo atender a las angustias de su padre, no dejándolo extrañarlo, solamente relegando a su padre al olvido.

* * *

En la oscuridad del día empezaron a destacar las capas de nubes que se envolvían entre sí, como mantas de todos los grises. Las nubes cercanas eran las más gruesas, imponiéndose en relieve a la superficie próxima que daba hasta el cielo. Al fondo yacía un azul claro muy solitario, que solamente llegaba a permear al azar de los huecos y los vientos. Era un escenario ajeno, atestiguado solamente desde su exterior. La sierra y el nopal se fundieron a través de la distancia, obsequiando un suelo firme para la subsistencia, por donde iban caminando todos los pies. Era un campo indígena, desnutrido por tanta sequía prolongada, luchando para hacerse fértil. Todas las niñas iban en fila india, bien cuidadas de cerca por sus familiares y vigiladas por los sabios defensores del pueblo. Las estaban llevando a un lugar seguro.

Se acercó para divisar, a través del portal, que allí entre todas las niñas estaba Josefina. La habían acogido como una niña de la tribu. Ya no había ningún Armijo o Silva para cuidarla. Tenía la cara sucia y un brazo manchado de sangre. Se veía algo cansada y demacrada, restada de inocencia, pero no estaba sola; a veces llegaba una de las mamás de la tribu para cargarla, o una niña que le tomaba la mano, rompiendo la fila india. Estaba rodeada de personas que la estaban cuidando, que la querían. En el fondo, aún era Josefina, una niña fuerte y resiliente. Todavía guardaba la anticipación heredada y sobrante de su niñez, de ser feliz.

Entonces, ella percibió al que la estaba mirando mediante el portal, al que la estaba soñando. Le sonrió, luciendo la misma felicidad de cuando era más chica, cuando estuvieron juntos. Esto le dio la promesa de que ella estaba bien, de que nunca lo iba a olvidar, y que él podía partir de su lado, que no se tenía que preocupar por ella.

*  *  *

Surgieron los casos de viruela en Nuevo México. Incrementaban y se reducían y volvían a surgir. Cuando se pensaba que ya se estaba atenuando la crisis, brotó una nueva serie de casos que asolaron las ciudades, las villas y los pueblos nativos sin clemencia. Había vacunas; establecieron cuarentenas; cerraron las escuelas; registraron el saldo de casos en todas las villas. Se tomaban todas las medidas que podían para aliviar a los enfermos, toda la sabiduría de todas las culturas se desplegaba en contra del virus. A veces no era suficiente.

Llegó el tiempo en que la viruela vino por ellas. Josefina y Jennie se enfermaron, las dos a la vez. Juana y María Eugenia hicieron todo lo posible para preservar su salud, dándoles baños de agua tibia, atendiéndolas con medicinas y polvos, utilizando todo su conocimiento moderno, colectivo y ancestral para luchar contra los escalofríos, la inflamación y la fiebre. Josefina era una niña grande y fuerte, que ya se estaba convirtiendo en una joven mujercita. El virus la llevó hasta el límite, pero tuvo la ventaja propiciada por su edad y logró vencer a la viruela.

El camino para Jennie era mucho más severo, algo jamás contemplado en el tiempo previo a su contagio. La familia Armijo ya había pagado tan enorme tarifa, tras la pérdida de Jacinto y Enrique. Ya habían sobrepasado todo ese abismo de

143

angustia y dolor, ¿por qué se lo iba a imponer de nuevo el todo divino? Era algo inimaginable.

Su destino fue una ruptura instantánea. De pronto se abrieron todas las heridas de haber perdido a sus bebés. Las Cruces, Mesilla y Doña Ana se detuvieron, para fijarse bien en lo que estaba pasando. Llegaron todos los vecinos y familiares de cerca y de lejos. Todos respondieron como pudieron, atentos a las necesidades de la familia. Esto tampoco fue suficiente.

¡¡YA NO ESTABA JENNIE!! ¡¡YA NO ESTABA LA NIÑA!!

Jacinto no podía distinguir entre las distintas raíces de su sufrimiento. Todos los dolores y angustias devinieron uno solo que ya no podía sobrepasar. Ya le era demasiado para una sola persona; ya no podía. La mente y el cuerpo le fallaron a la vez. Estaba delirando de tanta vil hierba y medicina mal improvisada. Se había quedado sin su hija menor, ¿¿en dónde estaba?? Una grieta apartó el cielo de la tierra, apoderándose de su ser. Solamente sintió a Jennie, Jacinto y Enrique, llamándolo desde el otro lado a la eternidad. A los pocos días de la muerte de la niña, todavía en la misma luna, tomó una navaja de afeitar en las manos y con ella su vida. A principios de junio de 1899.

*"... hombre empresario, de espíritu público y el mejor amigo del pueblo..."*

* * *

La casa había sostenido todos los llantos de angustia física y dolor extremo, desde que la pierna de Jacinto había quedado destrozada en el accidente. A sus llantos se empezaron a sumar los achaques de Josefina y de Jennie, seguidos por los esfuerzos inagotables de Juana y María Eugenia por aliviarlas, más las oraciones y plegarias que suplicaban desesperadamente por algún milagro. Cuando ya no se escuchaba a la niña, los sollozos incontrolables de su falta se apoderaron de toda la casa.

El sufrimiento de Jacinto estaba desentonado con los demás. El suyo era frenético y desaforado, de pesadilla eterna, amplificando lo que sentían quienes ya estaban abrumados por sí mismos, llevándolo a cada uno a su propia desesperación. Ya no se sabía qué podían hacer por él.

Isidoro era el único otro que estaba en la casa. María Eugenia estaba en el huerto cuando pasó; Juana y Josefina y todos los demás estaban afuera. En un instante, todas las angustias de Jacinto cayeron en la quietud de su reposo, abriendo la puerta a que se instalara una resonancia liviana, ya carente de su congoja y miseria. Fue un alivio natural para todos, al menos en el sentido visceral, que ya no sufriría. En su lugar, la casa se colmó del peso enorme de su luto y una tristeza colectiva marcada por un silencio muy prolongado.

# CUATRO

*"Aniversario de la Muerte del Honorable Jacinto Armijo… El prolongado sufrimiento, madre de la desesperación, lo condujo a quitarse la vida… Fue durante este tiempo que la peste de viruela invadió su hogar, sucumbiendo a esta terrible enfermedad la niña menor, Jennie. El Sr. Armijo, agobiado bajo el peso de ese nuevo infortunio, totalmente desalentado y desesperado al verse sufriendo de una manera atroz física y moralmente, se decidió a cometer el fatal acto que lo privó de la vida, cortándose con una navaja de afeitar que su hijo Don Isidoro había puesto cerca de él al prepararse a rasurarlo."*

* * *

El discurrir del tiempo y el deambular de las almas llevaron a un acontecimiento inoportuno entre los dos hermanos mayores una tarde, cuando Isidoro entró al estudio de Jacinto para encontrar a Catarino sumergido en los papeles de su padre con una lupa.

—¡Hermano! ¿Qué haces aquí?

—Es nuestra casa, ¿o me equivoco?

—Sí, claro… Pero esquivas la pregunta.

—Aquí nomás, leyendo.

—Le voy a hacer una casa a María Eugenia.

—¿Ah, sí? ¿En dónde?

—No sé, en eso estoy… Algún lugar cerca de aquí.

—¿Qué exactamente procuras hacer con eso de hacerle una casa?

—Procuro darle su libertad.

—¿Darle su libertad?

—Sí.

—¿Quién la ha privado de su libertad? —preguntó Catarino, incrédulo.

Josefina estuvo cerca y se acercó a la puerta para escucharlos, sin que se dieran cuenta. La plática, de pronto, se puso muy combativa.

—Tú, que bien te sabes todo, explícame, ¿por qué todos los papeles se refieren a María Eugenia como criada?

—¿Dónde dice eso?

—¡Allí está en todos los papeles que tienes bajo la lupa!

—No lo veo así, hermano.

Isidoro tomó los papeles que estaba leyendo Catarino.

—¿Estás ciego o qué?, ¿no puedes leer? Aquí dice criada… aquí, aquí… adaptada… rescatada… convertida… ¡Tanto eufemismo para evitar decir lo que fue!

—Cosa del abuelo Armijo…

—¡No! ¡Todo eso fue escrito por nuestro padre, Jacinto!

Las palabras sacudieron todo el andamio de la casa.

—Ella era de mucho antes, hermano…

—Sí, ¡ya lo sé! Obviamente, era del abuelo Armijo. Nuestro padre pudo haberle dado libertad, pero no fue así.

—Es que ella era su tía. Era la hermana de nuestra abuela.

—Por favor… ¿Cómo sabes eso?

—¡Sí! —insistió—. ¿Acaso no recuerdas cómo convivía con ella? Él la quería mucho.

—Catarino, no entiendes…

—¿Qué no entiendo? Pregúntale a mamá… Ella siempre ha sido su tía, tu tía, mi tía… ¡ha sido la tía de todas las generaciones Armijo!

—El presidente…

—¿Qué presidente? Nomás piensa, Isidoro. ¡Ella ya va para los 100 años! ¡Hazle una fiesta! Eso es lo que merece. Pero en vez de hacer eso, ahora le vas a dar una casa, para «¡darle su libertad!». ¡Solamente la vas a matar de soledad a la pobre!

Josefina ya no se pudo detener. Deslizó la puerta y entró sin decir nada.

—Mira Catarino, Lincoln ha sido un gigante para toda la humanidad. Todos heredamos del pasado sin elegir, ¡lo que cuenta es lo que hacemos con ese legado! Esa es la carga. Ahora necesitamos seguir los pasos del presidente, para el bien de todo Nuevo México. ¡Por eso hay que darle su libertad!

—¡Nosotros no somos esclavistas! ¡Nosotros somos una familia de dignidad! ¡Siempre lo hemos sido!

—Nunca dije lo contrario.

—¿Entonces a qué vas? ¿Estás pensando en María Eugenia o estás pensando en tu afán político?

—¿¿Qué dices??

—Porque esto se trata de nuestra tía. La que te cargaba y vestía y daba de comer. ¡Ella no tiene nada que ver con tu idealismo! ¡Con tu republicanismo!

—¡Sí soy republicano! ¡Con todo orgullo lo soy! Defiendo todos los principios de Lincoln.

—Ja, ja, ja. Ya lo sabía…

—¿Qué, a poco tú no? ¿Qué, eres un demócrata?

—¿Y qué tal si sí?

—¡¡Lejos de mí, lejos de aquí!! —explotó Isidoro como un relámpago, dejando a Josefina estremecida hasta el fondo.

—Con gusto —remató Catarino.

—¡¡Lejos de toda mi familia!!

Catarino se encaminó a la salida, tomando unos libros de la pila más cercana y unos papeles aleatorios, arrojándolos al fuego en la chimenea. Entre todo, allí cayeron *El cuervo* de Edgar Allen Poe y *Thanatopsis* de William Cullen Bryant, siendo irreversiblemente transformados en energía por las llamas.

—¡¡Idiota!! —chilló Isidoro—. ¡¡Ni sabes lo que estás quemando!!

—Adiós, querida —llegó directamente con Josefina—, lo siento mucho si te he causado alguna ofensa. Jamás quería ofender o desagradar.

—Catarino, espera, no te vayas —le imploró ella.

Le dio un beso y se fue, sin voltear a ver a su hermano mayor. Todas las paredes del estudio, los estantes fijos, repletos de papeles y libros, las llamas nutridas de papel y poesía, las cenizas improvisadas, atestiguaron la ruptura entre los hermanos que los desparramó, detonando a la familia Armijo, dejándolos sin núcleo.

Desde antes Josefina ya no soportaba estar en la casa. Ya había tantos espacios y cuartos condenados, intoxicados del pasado, que le provocaban malestares feroces, que amenazaban constantemente con invadir su alma de espíritus malévolos y damnificar a sus propios hijos y nietos con un trauma infinito ancestral.

—¡Gracias por envenenar el estudio! —le decretó a Isidoro antes de salir corriendo, las feroces lágrimas contorneando todas sus mejillas sin remedio y sin cesar.

—¡Josefina, espera, hermana…! —le imploró, como ella a Catarino poco antes—, ¡Josefina!

Salió de la casa y se fue corriendo tan lejos como pudo. Ya no podía estar allí.

Isidoro se quedó solo en el estudio, recién vaciado. Dejó pasar mucho tiempo ahí, inundado en la cascada de argumentos y emociones, aun recibiendo las sensaciones físicas del entorno. Sobre el escritorio había un retrato de su padre, realizado unos años antes de su muerte, en que estaba trajeado, con un libro, una pipa y su peinado *pompadour*.

—¿Y ahora qué? —le empezó a gritar al retrato—. ¡Legado de zozobra y pavor! ¿Qué hacer con esta CARGA DE VIDA que nos dejaste? ¡Habla! ¡HABLA, DESGRACIADO! ¡INDIGNO!

* * *

*"Josefina Armijo, hija de Doña Juana Silva Armijo, se encontró con un accidente el miércoles en la tarde al querer entrar por una ventana, el vidrió se quebró y se cortó una mano a tal grado que ha tenido que sufrir bastante a consecuencia de la cortada."*

* * *

Diego llegaba seguido a la casa en aquellos días. Se quedaba a dormir por muchas noches a la vez, instalándose en cualquiera de las recámaras que estuviera disponible, para vigilar y asegurar el bienestar de Juana y Josefina. Se hacía cargo de todo el ganado, que cambiaba muy a menudo entre la casa y su rancho. Cuando uno lo buscaba, siempre parecía estar entre los corrales y el granero. Pasaba mucho tiempo con Josefina para distraerla de todo. La llevaba de compras, siempre consiguiéndole vestidos, zapatos, cintas, flores y dulces; también se la llevó a Santa Bárbara por unos días, donde hizo oficial que se le otorgaran dos de sus ranchos a partir de su vigesimoprimer cumpleaños. Josefina agradeció todo lo que hacía Diego por ella. Le hizo bien poder estar fuera de Las Cruces por un tiempo, aunque no tardó en sentir que la llamaba de regreso.

Durante este tiempo, Juana le dio permiso a Josefina para quedarse a dormir en las casas de Sadie y de Annie, dándole la libertad y el espacio que necesitaba para reencontrarse y sanar. En la casa de Annie, disfrutaba mucho la convivencia con Elizabeth, una de las hermanas mayores. Toda su familia y sus amigas cercanas le decían Zizza. Estaba ciega desde su infancia, pero esto no la limitaba. Ella nunca supo lo que era carecer del uso de los ojos, desarrollando lo que sentía y experimentaba de la vida a través de los otros sentidos. Josefina, Annie y Sadie se tapaban los ojos con pañuelos y luego se iban todas a trepar los árboles, siendo Zizza fácilmente la mejor. Ya acurrucadas entre el tronco y las ramas, rodeadas del son de las aves, ella les cantaba, alabando a toda la naturaleza.

Cuando hacía calor, las amigas se iban en los burros a Lucero Mill. Allí había un estanque, cerca de donde molían el maíz y el trigo, donde se podían meter al agua en sus vestidos y nadar. Josefina gozaba tanto el alivio del agua, que solía hacerle olvidar todo lo que le afligía. Después se iban a sentar en la sombra, donde compartían el *picnic* cotidiano de bizcochos, donas y pasteles, desplazando lo más que podían el anochecer. Cuando no regresaban, llegaba seguramente el padre de Annie para acompañarlas a casa. No las regañaba, siempre sabía dónde y con quiénes estaban.

La muerte de Jennie todavía estaba al fondo de todo.

Su relación con la casa familiar en Main Street oscilaba entre dos extremos. Por un lado, estaba todo el pavor y la zozobra que amenazaron constantemente con adueñarse de su conciencia y su ser, manteniéndola lejos, estremeciéndola hasta el fondo. Por el otro, estaban los impulsos repentinos y severos que la hacían regresar tan rápido como podía, cada vez que extrañaba a su mamá. A partir de todo lo insondable, las dos compartían la misma cama cada vez que Josefina se quedaba a dormir. Esta concordancia llegó a definir la etapa más ardua. Cada instinto, pensamiento y acción se había convertido en nada menos que sobrevivencia para las dos.

Seguía muy dedicada a sus estudios en *Loretto Academy*. Esto le dio continuidad a través de todos los días y meses indecibles. Esto y Milano. Josefina iba seguido a buscarlo y acudir a su consuelo. Él la mantuvo bajo su amparo, envolviéndola en sus brazos y su poesía; la quería mucho y la hacía sentirse bien. También estaba bien cuidada en la escuela. Cuando terminaba el día escolar, la Sister Maurita se paraba en la puerta exterior para dejar salir a las niñas, despidiéndose de cada una. Hubo una vez que estaba lloviendo tan fuerte que mantuvo a Josefina en la escuela para prevenir que se enfermara.

—¡Qué lluvia! —le dijo la Sister Maurita—. Será mejor que te quedes aquí. ¡No te vayas a morir de una pulmonía!

—Pero se va a preocupar mi mamá —reaccionó, inmediatamente pensando en ella.

—Ya le mandé decir que te quedarás aquí en el dormitorio hasta que las lluvias pasen —le aseguró—. Así no se va a preocupar.

Josefina pasó tres noches en *Loretto Academy*. Allí le tenían todo lo que necesitaba para sentirse a gusto. Cama y comida, prendas, juegos caprichosos, convivencia y sosiego, velas y un sinfín de libros.

—Hay fantasmas y almas que vagabundean aquí de noche —le advirtió una de las alumnas que vivía allí.

Esta declaración le dio mucho miedo a Josefina. Ya de noche se fue a su recámara y, justo como temía, no pudo dormir nada. Dejó la vela encendida, se envolvió en unas cobijas y se quedó leyendo hasta pasada la medianoche. Al día siguiente estaba muy cansada, pasándose como sonámbula entre todas las lecciones. Después de la cena, le volvió a entrar el miedo con el anochecer, tanto que tampoco pudo dormir la segunda noche.

La tercera noche se levantó y empezó a caminar por el segundo piso de la *Loretto Academy*, iluminando el largo corredor con una vela. Se fue hasta el fondo de la residencia y luego dio la vuelta para entrar en un zaguán menos conocido. Le sorprendió divisar una sombra que no parecía corresponder en nada con lo que había; de repente, sintió que alguien le tocaba el brazo. La vela cayó en un segundo, dejando todo oscuro y sobresaltándola con el estruendo.

Se levantó de nuevo y empezó a caminar y caminar por todo el laberinto; subió por unas escaleras y avanzó hasta el tercer piso. Fue a la mitad de aquel pasillo donde lo mismo le pasó. Sintió que alguien volvía a tocarle el brazo y un escalofrío abrupto se apoderó de ella. Giró en un instante, cuando le sobresaltó encontrarse a la Sister Vestina frente a ella. Ella la tomó de la mano y se la llevó con calma por los pasillos y a su cama a dormir. Mientras caminaban, Josefina escuchaba la voz de Jennie, distorsionada por los vientos pluviales, llamándola, convirtiéndose en eco y recuerdo.

Al otro día le contó todo a la Sister Vestina.

—Es que Jennie te ha visitado en un sueño —le explicó ella—. Eso pasa en los pasillos y los dormitorios de aquí, cuando las almas llegan a transitar de noche. Estás protegida —le aseguró a continuación.

Esa tarde se acabaron las lluvias. Con el fin del día escolar, Josefina se fue corriendo a casa, para estar con su mamá y acudir a sus brazos.

—Cómo la extraño —se lamentó llorando, suplicando desde lo más fondo de su ser.

—Yo sé, hija… Yo lo sé.

*  *  *

Isidoro y Jane se casaron en El Paso a principios del año 1901. Fue una ceremonia enorme, en la que destacaban el prestigioso padrino Elfego Baca por su discurso de alta moda, Juana por su gracia radiante, y Catarino y Dolores por su ausencia. Tampoco estuvo María Eugenia, ya no veía bien y se le dificultaba mucho andar fuera de la casa. Juana aprovechó el mes siguiente, cuando la joven pareja se fue a su luna de miel, para reordenar la casa y tener todo listo para darles la bienvenida.

Primero atendió lo más urgente. Sintiéndose reanimada por los majestuosos amaneceres que vislumbraron la posible entrada de una nueva etapa, sacó todas las pertenencias de Jacinto, que solamente servían como malos recuerdos de lo que había pasado. Sacó todas sus prendas, sombreros, cintas, botas y guantes, su saco y su pipa, su silla de montar a caballo, todas las cantimploras desgastadas y la copa que usaba para sorber licores en la casa, y se los entregó a un mercader, para que se los llevara más allá de Las Cruces. A la vez, tomó la biblia de Jacinto, un retrato, unas cartas que él le había escrito y unos regalos entre ellos, y los guardó en un cajón de su recámara. El reloj de bolsillo se lo entregó a Catarino; la cantimplora no usada que llevaba sus iniciales la colocó en la recámara de Maximiliano. No hizo nada con los libros y los papeles del estudio, dejándole esa tarea a Isidoro.

La recámara de Jennie la convirtió en un santuario. No había ningún retrato de ella, pero dejó en su lugar unas velas, un tejido de algodón que llevaba su nombre, las almohadas y las telas de sus hermanitos, Jacinto y Enrique, que habían cruzado de lado. También guardó con mucho cuidado sus prendas, cobijas, un papel donde había plasmado con tinta un escenario familiar en el jardín, unos relicarios que llevaban sus dientes y un mechón de su cabello, las piedras que coleccionaba para el juego, las muñecas de ella y de Josefina, más todas las dedicaciones e intenciones que le seguían llegando al azar del tiempo.

Entonces se pasó por los otros cuartos para barrer todos los suelos y organizar todo. María Eugenia siempre estuvo atenta para ver cómo ayudarla, pero Juana le decía que no, que era más prudente para ella descansar y gozar el día. Solamente hubo una que otra vez que sí la dejaba hacer una tarea muy liviana, para que se sintiera a gusto, aunque la involucraba en todo mediante la plática. Juana atesoraba la convivencia de aquel tiempo con María Eugenia. Su espíritu colmaba la casa y a Juana la hizo sentir acompañada en todo lo que hacía.

Josefina también encontró enorme consuelo en la presencia de su tía. Ya habían sido tantas noches de desvelo en que estaba sacudida hasta el fondo por las cascadas de emociones y las fuerzas malvadas que se adueñaron de su ser. A veces se quedaba quieta en la cama, tratando de no despertar a su mamá, quien dormía tranquila a su lado. ¡Escuchaba su propio corazón, latiendo tan fuerte de noche! ¡No había modo ni manera de silenciarlo!

La presencia de María Eugenia en la casa fue un alivio, siempre aportando tranquilidad. Aunque no acudía a ella todas las veces, saber que estaba allí era lo que la resguardaba del precipicio. Otras veces se levantaba de la cama, cuando los ataques le eran demasiado; se iba sin hacer ruido, vagando por el interior de la casa entre las pocas luces y sombras. Salía al jardín, donde se acostaba en la tierra más obscura, para rodearse de los rituales nocturnos del ganado y mirar al firmamento, hasta que su corazón se atenuara lo suficiente para dejarla dormir. A veces llegaba su tía María Eugenia para darle una cobija y compartir el espacio de la noche con ella.

Para entonces, Catarino ya se había ido a vivir con Dolores y su familia. El cuarto en que había estado él ya se había vaciado, salvo por la cama y un mueble que ocuparon su lugar en silencio. Este cuarto siempre era el primero en utilizarse para hospedar a quien fuera que llegara a necesitar una cama. Juana solía no meterse en la recámara de Josefina, dejándola mantener el orden y desorden a su gusto. María Eugenia sí entraba sigilosamente para darle unos toques, tendiéndole la cama si la había usado, doblando sus cobijas y sus prendas, y colocando la lámpara bien en su lugar, cosas que Josefina siempre agradecía. Maximiliano había ocupado una recámara muy chica. Él ya casi nunca estaba, se la pasaba entre novias y viajando seguido a México para hacer excavaciones en busca de tesoros antiguos. Cuando se iba, siempre dejaba sus cosas bien guardadas en unos cofres, pidiendo solamente que se respetaran así como las dejaba.

Ya ordenada la casa, Juana eligió la recámara más grande, que no era la suya, para la joven pareja. Instaló todos los mejores muebles de las familias Armijo y Silva, alfombras, joyeros, un espejo, sillas, armarios y una cama matrimonial, para tenerles todo listo. Por fin, se pasó por los jardines, el huerto y los corrales. Fue allí cuando María Eugenia empezó a hablarle de la nada una tarde, mientras Juana le daba agua a Pedrito.

—Juana, mi reina. Hay algo que es de enorme importancia para mí.

—Claro que sí, dime qué, tía.

—Es que había escuchado a mi sobrino mayor hablando de hacerme una casa cerca de aquí. Agradezco todo lo que están haciendo por mí.

—Ni lo pienses, tía, si tú eres la que ha hecho tanto por nosotros. ¡Somos nosotros los agradecidos! Ven, vamos a platicar acá en la sombra —la llevó de la mano a sentarse en la placita.

—Gracias, mi reina. Es que no sabía cómo decírselo a mi sobrino.

—¿Decirle qué?

—Es que yo quiero regresar a vivir a Doña Ana.

—¿A Doña Ana?

—Sí. No sé cuánto tiempo me queda. Por mucho tiempo he soñado que un día iba a tener la gran suerte y fortuna de regresar a estar con mi gente en la villa. Ahí es donde quiero vivir y pasar mis últimos días. Allí es donde quiero que me entierren, en el camposanto con María Catarina. En Doña Ana.

Eso fue todo. A través de las palabras y el tiempo, Juana supo que su deseo, expresado en tan pocas palabras, correspondía a lo más profundo de su ser.

—Así serán las cosas, tía, así como tú las quieres —le prometió.

Tras todo el trastorno pasado, Juana se sentía agradecida y menos cargada de su pesar. Aquellos días le habían servido mucho para avanzar en su aflicción personal y para dedicarse a efectuar el último deseo de María Eugenia; también esperaba que le ayudara a Josefina a volver a sentirse algo más cómoda allí. La casa ya estaba muy noble y digna para recibir a los recién casados y para retomar la costumbre de hacer la tertulia semanal en la sala, que se había perdido con el accidente de Jacinto y la viruela de 1899.

* * *

Estaban sentados en un banco, agarrados de las manos, mirándose de frente. Desde que llegó a su casa ese mediodía para pedir que lo acompañara, ella había estado a punto de irrumpir en sollozos por lo que venía.

—Necesito regresar a México para estar con mis papás, que están envejeciendo y están allá.

Josefina ya presentía desde hacía rato que iba a llegar el día en que Milano le daría semejante noticia, ya que había terminado sus estudios en *New Mexico A&M*. El augurio palió en lo absoluto el impacto de escuchar sus palabras, que eran tan tiernas y envueltas en amor. Ella se hundió.

—Quisiera llevarte conmigo, mi amor, para presentarte a toda mi familia y casarme contigo. Quisiera que te quedaras conmigo por siempre, donde juntos gozaremos toda la grandeza de México, un país encantador, tan bello y digno por recibirte.

Todo lo que ella quería hacer era decirle que sí. ¡Cómo quería irse con Milano a México!, gozar las tierras lejanas, olvidarse de todo y empezar una nueva vida. Pero no podía dejar a su mamá, no podía dejar las cosas como estaban. ¡¿Cómo podría dejar a su familia?! ¡No, no, no, no podía! Le costó tanto decirlo. ¡¿Cómo podría dejar a su mamá sola, para lidiar con todo?! El mero concepto la estremeció por completo. No soportaba la idea de abandonarla. ¡Nunca podría dejarla!

—Te quiero mucho, mi Josefina, te quiero tanto. Jamás me olvidaré de ti, mi amor.

Ella se quedó en Las Cruces extrañándolo todo el tiempo, arrepentida por una pequeña eternidad de no haberse ido. Qué triste fue perder a Milano. Ella siguió abrumada por todo lo cotidiano, pensando en México y la esperanza de lo que había más allá. Aunque muy en el fondo, si se escuchaba bien, sabía que no era el tiempo indicado. Sabía que todavía le quedaban pendientes en su tierra nativa.

* * *

*La despedida dejó ambos lados del adiós caerse entre los abismos de la soledad y la desesperación del hilo que ataba la salida, desprendiendo las olas y las lágrimas que llegaron consoladoras, acariciando las arenas en el fulgor del abandono, como una larga entrega de rosas y de besos que surgieron tras el remolino del cuento más bello que es amor.*

* * *

Jane tuvo la educación y los buenos modales para agradecerle todo a Juana, elogiándola una y otra vez por la grandeza de la casa, aunque fue obvio, cuando se les presentó su nueva recámara, que ni ella ni Isidoro se iban a sentir del todo cómodos allí.

—¡Ay, no! —le reclamó a Isidoro en privado—. ¡Con todo lo que ha pasado…! ¡No podré dormir ni una sola noche allí! Lo siento mucho por tu mamá, de veras que sí, pero a esa casa no me voy.

—Ya lo sabía desde antes, mi amor.

—¡O sea, qué vergüenza! Pensé que solamente íbamos a verla, no esperaba que nos iba a tener lista toda una recámara…

—La verdad es que yo tampoco lo esperaba, amor.

—Y con esa pobre india de 100 años… cuidado, porque ella te podría arruinar.

—¡Es nuestra tía! —reaccionó a la defensiva, algo que notó en sí mismo.

—Imagínate lo que la prensa dirá si supieran de ella… El muy distinguido y honorable Isidoro Armijo de Las Cruces, Nuevo México, descendido de los primeros colonizadores de la prestigiada expedición a Doña Ana, de los más altos ideales y aspiraciones progresivas…

—Por favor, ya no digas más. Yo me encargaré de todo.

Isidoro logró que se hiciera una casa para la familia en la nueva adición. Era una casa muy grande y moderna, bien ubicada entre Main Street y el tren. También se apresuró para hacerle una casa a María Eugenia en Doña Ana, justo como ella había pedido. Aunque ya no iba a quedar tan cerca como hubieran querido para poder ayudarla de ese modo, seguían con el compromiso de cuidarla muy bien entre todos. Era una casa sencilla de adobe con un patio, cerca de la plaza, por donde pasaba mucha gente, sumamente decente y adecuada.

Ya terminadas las casas, Isidoro pensaba llevar a Josefina y a Juana a vivir con él y con Jane, para de una vez vender la casa en Main Street y dar fin a toda esa etapa. Pero primero tenía que asegurarse de que María Eugenia se iba a quedar bien instalada en Doña Ana. Se reunió con Josefina antes de comenzar el proceso de moverse entre las casas, para caminar y hablar de todo.

—¿No piensas que debería de quedarse con nosotros? Temo que se va a quedar sola.

—Ella no estará sola. ¡Jamás, jamás, jamás!

—Hubiera sido mejor que se quedara aquí cerca de nosotros en Las Cruces.

—Ya lo sé, pero su último deseo era irse a Doña Ana. Se lo pidió a nuestra madre. Fue algo que se tenía que respetar.

—¿Y quién la va a cuidar? Nosotros somos responsables de ella.

—Entre todos lo haremos —le aseguró.

Todo el tema había dejado a Josefina muy inquieta, generándole enorme conflicto dentro de ella. Había tantas preguntas que quisiera haberle hecho a su padre.

—¿Por qué ahora? ¿Por qué no tuvo su casa antes?

—No sé… Ya hace tiempo que se lo merece.

—¿Por qué no se la compró nuestro padre?

Isidoro puso las manos debajo de su sombrero, deslizándolas muy despacio alrededor de su cuello.

—No sé. Él se pasó toda su vida gestionando el legado de su padre, repartiendo tierras para el tren, el colegio… Solamente puedo suponer que su intención era hacerlo algún día.

Josefina deseaba darle toda su confianza a Isidoro, pero oscilaba entre sintiéndose inspirada por lo que decía y no entendiendo bien sus motivos. También sabía con fuerza que iba a extrañar mucho a su tía.

—Pero, Isidoro, ¿qué va a hacer ella, estando sola en su nueva casa?

—Supongo que nuestro padre se habría preguntado lo mismo, pensándolo de su lado. Ella no tenía ningún camino para ejercer su libertad. No hablaba inglés; no podía leer o escribir; no tenía nada. En cambio, se pudiera decir, o al menos espero yo, que ha tenido buena vida con nosotros.

—¿Es eso la razón o la verdad?

—¡Esa es la pregunta! —la miró con todo el orgullo del hermano mayor.

Hubo un tiempo sin palabras en que Josefina reflexionó todo lo que decían.

—De todos modos, ahora hay que pensar en qué es mejor para ella. Yo creo que Catarino tenía razón en eso.

—¿En qué? —preguntó Isidoro, cambiando de tono.

—Pensando en su bienestar, le va a costar mucho irse a una casa.

—No entiendo. La libertad no tiene precio.

—No me refiero a eso. Quizás nuestro padre nunca contempló «darle su libertad», porque él no la había privado de eso. Ella era su tía, así era su relación.

—Yo creo que merece el beneficio de la duda de que siempre tuvo las mejores intenciones hacia ella. Los registros solamente sirven para apuntar a su origen, no a cómo convivimos. Como dices, en vida siempre ha sido nuestra tía. Eso es lo que cuenta más que nada.

Se sonrieron levemente y la tomó de un brazo mientras caminaban.

—¿Por qué le dijeron la rescatada, la adaptada y la criada? ¿Qué quiere decir todo eso?

—Son eufemismos comunes de la época… para no confrontar la realidad de la trata de indios por los colonizadores.

—¿Entonces fue la esclava de nuestro abuelo Armijo?

Aquí Isidoro la soltó.

—Solo que no debemos hablar de eso, la gente lo podría ver muy mal.

—¿Y no es eso ocultar la verdad? Estamos hablando de nuestra tía.

—Es que yo necesito tener cuidado como representante del territorio.

De repente, Josefina pensó que se estaba acercando más a la verdad y su motivo, aunque le pesaba. Parecía tener buenas intenciones hacia María Eugenia, sobre todo en lo que hacía por ella, pero quería hacer las cosas a su modo. Por ahora, ella lo dejó.

—¿Tú llegaste a conocer a nuestra abuela?

—No. Ella murió unos años antes de que yo naciera.

—¿¿Fueron hermanas, María Catarina y María Eugenia??

Los dos se quedaron mirando por un rato, dejando el galope de caballos y el andar de un vagón colmar el silencio entre ellos.

—Eso no lo puedo saber.

Unos vientos llegaron repentinamente a acariciar las superficies de Las Cruces, surgiendo los remolinos y dando la paulatina entrada a una tormenta que perduró hasta el segundo día. Cuando despejó, fue entonces que todo empezó a realizarse y llevarse a cabo. María Eugenia estaba muy agradecida y feliz por el cambio que venía por delante y su regreso a Doña Ana. El plan de Isidoro solamente fracasó con respecto a Juana.

—Yo aquí me quedo, estoy perfectamente bien aquí en mi casa —decretó ella, con toda confianza y certeza.

Tras el rechazo de Jane, ella no se sintió obligada o motivada en lo absoluto para irse a vivir con ella, donde sabía que iba a ser la segunda dama. En cambio, le agradó mucho cómo había quedado su hogar, a través de su empeño y su obra de amor por rescatarlo. El nuevo santuario de Jennie era muy especial para ella, un lugar espiritual que guardaba la esencia de todos los seres queridos que se habían pasado de lado. Era un espacio que seguía evolucionando y transformándose en vivo, tras cada dedicatoria, ramillete de flores, poema o dibujo que dejaban, con cada vela que encendían.

Así es que allí se quedó muy contenta, dándole la libertad a Josefina de elegir por sí misma. Ella también optó por Main Street, no queriendo dejar a su mamá sola. Más allá de este motivo, siguió sintiéndose abrumada en cada aspecto, aunque era diferente de antes. Ya no era la casa, que a su juicio sí había quedado mucho mejor, sino todo Las Cruces. Por todos lados, solamente veía cosas que le recordaban lo que ella necesitaba dejar atrás con toda urgencia.

De noche es cuando más extrañaba a María Eugenia. Su presencia. Sus movimientos livianos entre los cuartos, que la arrullaban; la luz que dejaba encendida, más por Josefina que por sí misma. La esperanza de verla al otro lado, con cada amanecer.

*  *  *

—¡Buenos días, buenos días! —pasó una voz inesperada, un domingo por la mañana.

—¡Diego! —llegó Juana para abrazarlo—. ¡Tu visita siempre es una bendición!

Los dos se pasaron al jardín con su café para platicar.

—¿Josefina?

—Ella todavía está en la cama. No está durmiendo bien, últimamente. Se queda despierta toda la noche…

—¿Y tú?

—¡Yo sí he dormido bien! Me siento muy agradecida por esto, pero siento mucho lo que ella está sufriendo.

—Espero que pase pronto.

—Sí, es lo que pienso. Recuerdo cuando yo estaba embarazada de los gemelos, tenía unas pesadillas tremendas. ¡Eran aquellos días de tanta ansiedad!

—Yo tampoco dormía… ¡Josefina, buenos días!

Se saludaron de beso y luego ella se sentó con ellos, aun viéndose muy adormilada.

—Hay pan dulce y café si quieres, mi amor.

—Gracias, ahorita voy.

—¿Dormiste bien?

—Para nada…

—Ay, mija.…

—Espero que esto pase, Josefina. Yo creo que es la etapa.

—Tu tío tiene razón. No sé cómo explicártelo, quizás era el alivio de ya no ver a tu padre sufrir… pero ha habido algo desde entonces que me ha llevado a rendirme a la cama todas las noches sin pesadillas.

—Yo tampoco dormía durante aquellos días de zozobra. Esto va a pasar, Josefina.

—Gracias, tío.

—Recuerdo bien cuando tu padre llegó al rancho aquella vez y me había dejado esas dos guardias. Fue gracias a esto que por fin pude dormir, no sé, una o dos horas, todo lo que pude. Pero tuve un sueño rarísimo… Cruz y Rodrigo se quedaron vigilando, mientras que yo estaba en la casa. De repente, allí estuvieron los jefes apaches con ellos, ¡vigilando todo el rancho!

—¡Increíble!

—En otro instante, dos de ellos estaban conmigo dentro de la casa, en la cocina, ¡como si nada!

—¿Y qué hicieron, tío?

—No pasó nada. Simplemente estuvimos, compartiendo el tiempo y el espacio en silencio.

—Pues yo no sé qué hubiera hecho en tu lugar…

—Yo sí sé, mamá…

—¿Qué hubiera hecho yo?

—Les hubieras ofrecido una sopaipilla.

—¡Ja, ja, ja!

—Con miel y azúcar y las frutas del huerto…

—¡Claro! Tienes razón. La filosofía de la panadería dice que es la mejor forma de unir a la gente, una convivencia entre naciones y sopaipillas.

Esa tarde había baile cuadrilla en la sala, facilitado por un vecino que tocaba la trompeta. Después había poesía, donde se turnaban citando sus versos favoritos delante de todos. A Josefina le encantaba *Volverán las oscuras golondrinas* por Gustavo Adolfo Bécquer. La rendición de sus versos por una vecina la dejó sintiendo un espacio muy agradable de tranquilidad que no había tenido en mucho tiempo. Ya entrada la tarde todo cayó en el ritmo espontáneo de la plática, llevada entre Juana, sus amigas y sus vecinas.

—¡Qué gusto tenerlas aquí en la sala!

—¡Ay, amiga, qué gusto volver a estar aquí!

—Cómo extrañamos todas tus delicias, Juana…

—Justo lo que iba a decir… ¡Ninguna de las nuevas panaderías se compara con la Panadería Silva de antes!

—¡La Panadería Silva era la mejor en todo Las Cruces!

—¡Gracias! He estado pensando en eso. A veces siento que estaría lista para retomar mi pasión por el horno y la cocina…

Josefina solamente escuchaba sin decir nada.

—Claro que no todo es tan sencillo… Primero tendría que conseguir un espacio con los hornos adecuados y esto me ocuparía por un rato. Entonces, tendría que conseguir ayuda, llevarme todas las herramientas y abastecerme de todo… costales de harina y de sal, azúcar, manteca…

—Fíjense nada más… ¿Y luego qué?

—¡Y luego ya! ¡A abrir la nueva panadería!

—¡Suena tan sencillo como lo describes!

—Solamente que no estoy segura…

—Pues yo digo que siempre hay que seguir tu pasión y darle para delante, amiga.

—Cuenta con nosotras, Juana, estamos listas para apoyarte…

—¡Gracias! Pues todavía lo quisiera pensar…

—¡No lo puedo creer! —Josefina se levantó abruptamente y se fue; el buen efecto de toda la poesía ya se había vaciado de ella.

* * *

La primera hija de Isidoro y Jane nació en 1904. Isidoro jamás iba a olvidar a su amor por Alicia y no se le hizo imprudente pedirle permiso a Jane de darle su nombre. La nombraron Alicia, aunque todos llegaron a conocerla como Tina. Isidoro le escribía seguido a Alicia, contándole todo de su hija. Ella en su momento le mandó una caja llena de ropa infantil, después unos vestidos para su primer cumpleaños, otro para su primera comunión, incluso uno para su primer baile formal. Todo esto le permitió mantener una relación con ella a distancia, basada en las cartas amorosas que se seguían mandando, esquivando los confines de su matrimonio.

Josefina adoraba a su sobrina, acompañándola en todo desde su infancia. La niña colmó una parte de su vacío, dependiendo de su tía, haciéndola reír a la vez. Sobre todo, era alguien nuevo, a quien podía amar. La llevaba seguido al circo que había en Las Cruces. Un día, de la nada, la empresa se quedó en ruina financiera y empezó a liquidar sus bienes. Isidoro estuvo atento para aprovechar la circunstancia y le compró a Tina dos ponis Shetland y una carreta, para que Josefina la pudiera llevar de paseo por todo Las Cruces. Pero no fue todo, inspirado por el éxito ferrocarrilero de su padre, compró una pequeña máquina de vapor y tres cochecitos, que en su conjunto formaban un tren en miniatura, llamado *Old 97*, que había sido unas de las mejores atracciones del circo. Entonces contrató a su amigo, el ingeniero Benny Ames, para establecer las vías estrechas y vincular el centro de Las Cruces hasta Mesilla Park. El paseo era de cinco kilómetros y cada coche tenía lugar para seis personas, dos por cada una de tres filas. El ingeniero Benny conducía el tren, siempre vestido de overoles rayados y una gorra, cobrando 10 centavos por la ida y vuelta. A Josefina le encantaba llevar a Tina de paseo, cantando y tocando la bocina del *Old 97*.

Para cuando su sobrina estuvo lo suficientemente grande, Josefina y Tina establecieron su rutina de visitar a María Eugenia dos veces por semana. Llenaban unas canastas de flores, maíz y todo lo que ella les pedía, y se la llevaban a su casa en Doña Ana. Las dos disfrutaban mucho el viaje, que hacían en la misma carreta tirada por los ponis Shetland. Cada vez que veían a su tía, María Eugenia parecía estar muy agradecida y feliz de estar de regreso en la villa y tenerlas en su casa. Se la pasaba contando historias de antaño, algo que jamás había hecho en las etapas previas de su vida. Era algo inesperado y sorprendente; pero muy para el alivio de Josefina, sintió que habían hecho algo verdaderamente bien por ella.

Algunas veces se quedaban la noche con ella, durmiendo en una hamaca improvisada por los vecinos, que daba desde el patio hacia el este. ¡Qué nitidez brindaba la Sierra de los Órganos con el amanecer! Aprovechaban todas estas mañanas para desayunar con María Eugenia y pasearse muy lentas por la villa o la iglesia antes de retomar el camino.

—¡Tía Eugenia tiene muchas historias! —le dijo Tina una vez cuando iban de regreso a Las Cruces, asombrada por todo lo que había escuchado.

—¡Sí, es que ella tiene 100 años! ¡Sabe de todo!

—¿Quién más sabe sus historias?

—¡Solamente tú y yo! Por eso necesitamos recordarlas y un día tenemos que escribirlas muy, muy bien… ¡Para preservarlas! ¡Para que no se nos olviden!

La conversación devino un compromiso implícito entre las dos y una encomienda de vida. De pronto, Josefina se convirtió en la mejor tía del mundo para Tina, sembrando durante este tiempo un sinfín de nostalgias que iban a brotar mucho más allá de entonces. Para Josefina, allí estaban algunos vistazos de la felicidad plena de niñez que había vivido con Jennie, que le había faltado tanto en los años recientes.

* * *

Una vez llegó a la casa por Tina, cuando Jane aprovechó el tiempo para salir con una amiga.

—¡Debes de pasar a nuestro nuevo baño interior! —la invitó de paseo—, ¡ya quedó todo listo!

—¡Gracias, cuñada!

—Las veo ya más tarde.

Jane se despidió de beso y luego Josefina pasó a la casa. No era su primera vez allí, pero esta vez se tomó su tiempo para mirarla bien. La sala era enorme, con una alfombra amarilla, sillas de terciopelo y un piano; al fondo se abría al espacio exterior, donde estaba la carreta con los dos ponis, más un corral con un caballo, un faetón nuevo y reluciente y el andamio de madera donde estaba el retrete corriente y común. De repente surgió la novedad, un molino de agua con una tubería especial que daba hacia adentro. Josefina regresó a la casa, pasando por una serie de paredes que estaban pintadas a mano, llegando a unas puertas que estaban abiertas. Era el estudio de Isidoro, al que jamás había entrado.

Escudriñó nuevamente el fondo de la casa desde allí, para asegurarse de que no había nadie. Entonces se metió. Deben haber sido miles y miles de libros, en todo su conjunto, que se impusieron sobre ella a la vez. ¡Qué de sabiduría y conciencia! Todo olía a papel y polvo de tiempo medido. No pensó en quedarse mucho tiempo allí, pero de repente reconoció el portafolio café que era de Jacinto. Estaba lleno de todos los papeles de la época previa.

Su corazón le latía furiosamente mientras examinaba el contenido, vigilada por los ojos de su padre, que la miraban desde su retrato en la pared. Había poca luz, pero la suficiente para ver bien lo que había. Allí estaban los títulos de todos los terrenos, las casas y del Rancho Armijo. El título de la casa en Main Street. Un sinfín de notas bancarias. ¡Qué de polvo había! Podía escuchar su corazón tronando tan fuerte como los relámpagos. Había una réplica del Tratado de Guadalupe Hidalgo, que había sido producido por el colegio. ¡Allí estaba el Ancón de Doña Ana! También había unos papeles que Jacinto había escrito, en puño y letra, sobre la expedición a Doña Ana, con detalles de toda la familia, de Jennie, Jacinto y Enrique, de sus hermanos, de ella, fechas de nacimiento, todo. Pero algo no estaba bien. Notó que faltaba un trozo de un papel, que se había cortado. Entonces notó que no solamente era un papel, sino muchos que se habían cortado. ¡Ya no había nada sobre María Eugenia! Donde antes estaba su nombre o referencias a quién era la criada, la adaptada, la rescatada, la convertida, todo eso se desvaneció. ¡Por más que buscó, ya no había nada sobre ella!

—¿Tía Josefina? —le empezó a hablar Tina.

—Ahí voy —se apresuró.

Guardó todos los papeles muy, muy bien, dejando el portafolio como lo había encontrado, fijándose otra vez y saliendo del estudio con mucho cuidado.

—¿En dónde estás, tía?

—Un minuto, Tina —le contestó—, voy al baño.

Josefina estaba bien acostumbrada a los retretes de la época y a toda la naturaleza, sin embargo, se quedó muy impresionada por la novedad. Sobre todo, agradeció qué limpio y privado era el baño interior de la casa, aunque no sabía exactamente lo que se tenía que hacer para invocar la función del agua. Estaba a punto de salir cuando se quedó diezmada por la vista de la navaja de afeitar, que era de Isidoro. Se espantó desde la columna hasta las puntas de los dedos, desde la piel hasta los huesos y en lo más profundo de su ser.

—¿Tía Josefina?

Tenía que hacer algo. ¡Era la responsable de Tina! No soportaba ver la navaja. Trataba de hacer algo, pero no se podía mover. Tampoco se movía esa cosa. Allí se quedó, frente a ella, regida por la misma gravedad. Quiso correr, pero no pudo dejar que la cosa se quedara allí. Le urgía tomarla y tirarla lejos de allí, o enterrarla, o arrojarla al río, pero sin tocarla. ¡No la podía tocar! Ni podía acercarse. Le urgía hacer algo, ¡para sacarla ya!, para proteger a Tina y a ella.

—¿Tía? —le dijo, ya a la entrada del baño.

—¡¡Tina!! —se espantó, envuelta en una ola de locura.

Corrió hacia ella y la levantó y se la llevó en sus brazos muy lejos de allí, tanto como pudo. Salieron de la casa y se fueron al espacio entre el corral y el retrete común, donde ella seguía jadeando furiosamente del espanto, tratando de tranquilizarse ante la confusión de Tina y los relinchos pasivos del caballo. Pensó que se iba a morir de todo el susto y pavor. Sintió el pecho apretado, ya no podía respirar.

—¡¿CÓMO PUEDES HABER DEJADO LA NAVAJA ASÍ?! —le rugió a su hermano cuando lo vio, culpándolo por lo de entonces, quizás incluso por lo de antes, por lo de su padre—, ¡¿NO VES LO PELIGROSAS QUE SON?!

Pronto llegó a entender, toda la familia, que ya no se podían dejar las navajas de afeitar a la vista de Josefina, ni entonces, ni por el resto de su vida. Se dieron cuenta, entre todos, de que ella había sido la más impactada por todo, que de veras no le iba bien y que seguía herida y traumada.

Tina adquirió ese mismo miedo, que dio un salto abrupto tras generaciones mediante la conmoción de aquella tarde. Isidoro y Jane lo notaron, desde luego. A partir de entonces, empezaron a ocultar toda la historia de Jacinto, suprimiendo lo que había pasado para no pasar ese trauma a su hija. Como mamá y papá, esa fue su reacción natural; sobre todo para Jane, quien nunca conoció a su suegro. Isidoro sí llegaba de vez en cuando a hacer alguna referencia aleatoria a su padre, pero por lo general, era una casa en la que ya no se hablaba de Jacinto. Cerraba las puertas del estudio y allí se quedaba todo.

A largo plazo, era un esfuerzo imposible. ¿Cómo no iba a saber su historia? Más allá de la casa y los papeles en el estudio, estaba todo el legado extenso y el patrimonio familiar de la familia Armijo, ¡que ahora era al andamio de Las Cruces!, más todo lo que publicaba la prensa, más los libros históricos, más la calle Armijo en donde vivían, más su deseo por rescatar lo que había sido de su tía. Por más que quisieran suprimirlo, Jacinto estaba en todas partes.

*　*　*

*En los altiplanos al norte de Mesilla, donde el colibrí late furioso para levantar el sonoro desierto, los hilos se desenredan en fidelidad a la geometría y la esperanza para rendir testimonio y tejer un nuevo sendero del espejo, allá donde el cañón forjado por el Río Bravo en aquellos siglos palpitantes guarda los tesoros e historias y la mala suerte que sufrieron, bajo el llanto del Coyotl que se esfumó en las turbias lluvias moradas, allá donde los hilos van a arrullar la siesta con su belleza, vislumbrando las telas que seguirán contando el encanto ancestral y el amparo de mañana.*

* * *

«¡¡Fue Isidoro!!», decretó una conciencia interior, envolviéndola en la certidumbre de su adivinanza propia.

Ella sintió la noche tan pesada, como todas las capas de adobe amontonadas encima de su pecho, ante la reaparición de la navaja que constató la condena. Él se echó a correr, con la más nimia ventaja de un pensamiento fugaz. Había muchos perros ladrando y ganado suelto en la calle perfilada por las sombras agudas que conformaban el andamio. El sheriff Garrett y toda su banda estuvieron cada vez más cerca, buscando en todos lados. Había llegado a la casa, pero del lado opuesto que quería. ¡Carajo! ¡Ya venían por él!

—¡Annie! —le suplicó ella a su amiga en vano—. ¡Haz algo, POR FAVOR, Annie!

Rodearon la casa para arrinconarlo, entrando y estrellando los jarros de barro y los floreros contra el suelo. Todo lo que había y lo que pasó era simultáneo en su esencia. Los pasos del sheriff y su banda eran metódicos, ligando la cuerda restante a la toma y la horca, que ya eran inevitables.

—¿¡En dónde estás, cobarde asesino!? —resonaron las voces desbordantes, dentro de la recámara.

Su hermano estaba escondido debajo de la cama, justo donde ella yacía torcida, a merced del silencio tan frágil, a merced de ella.

¡No podía abrir los ojos, allí estaban! ¡No podía guardar el secreto! ¡No lo podía proteger! ¡No lo podía ocultar!

* * *

Josefina tenía una relación muy tenue con el santuario de Jennie. Sabía que estaba allí y cómo era, pero no solía entrar; o se resguardaba cerca de allí, pero afuera de la puerta, para ver la luz parpadeante de una vela que había encendido su mamá, o nomás pasaba sin entrar. A veces sí entraba de día, para dejar algo o para ver una cosa; a veces veía algo nuevo que no había estado antes o notaba un cambio de algo. No se quedaba por mucho tiempo, como le dolía demasiado no podía inundarse en todo a la vez. Y luego no lo hacía por mucho tiempo. Pasaban días y lunas enteras sin que lo hiciera o pensara.

Una vez, llegó a pasar todo un año, hasta que el azar la llevó de repente a entrar. Se quedó frente a todo, inundándose en las lágrimas y emociones que la envolvieron como vientos feroces, fuera de su voluntad. Al inicio, se sintió abrumada por aquel espíritu malvado que se había adueñado de su ser con tanta potencia. Allí estuvo de vuelta la sombra, que apenas había alejado de sí tras el lento discurrir del tiempo, pero no era como antes. Cuando salió, surgió por el otro lado una fortaleza imprescindible en su luto personal; de pronto, se sintió muy cerca de Jennie y muy fuerte a la vez, no debilitada. Con más tiempo, se sintió renovada y reforzada. Quería guardar toda esa concordancia y llevársela así, más allá.

El santuario era un lugar muy especial para ella y su mamá, pero pertenecía a la casa. Empezó a preguntarse cómo iba a ser cuando se fueran de allí. Los efectos personales bien se los podían llevar, pero no eran solamente las cosas, sino el tiempo espacio en todo su conjunto. Allí estaban los recuerdos y añoranzas, los espíritus que asomaban a su tiempo. Allí estaban todas las huellas y las telas de María Eugenia que se fundieron al adobe. Allí estaban los rincones que adquirieron conciencia y memoria, el venir corriendo de la niña, los ecos de su padre al fondo de la casa, los polvos y las capas que marcaron el cambio y la constancia del todo. Ella no había coincidido con el tiempo de esperanza por recibir a Jacinto y Enrique, aunque había adquirido esa costumbre de honrarlos a través de su familia. Eran sus hermanos mayores, que siempre iban a ser sus hermanitos. La casa también era de ellos. ¿Cómo iba a quedar el santuario? Allí estaba todo, ¿qué iba a pasar con la casa?

Entonces recordó lo que le dijo aquella noche en el jardín, «el corazón es su recámara…». Las palabras de Jennie hicieron eco en su mente, alumbrando el camino para que un día pudiera irse con su mamá lejos de allí.

—Ustedes se pueden ir cuando quieran —llegó Isidoro a asegurarle—. No va a haber ninguna prisa, pero yo me ocuparé del santuario, yo me encargaré del espacio y los efectos y de asegurar que las cosas se hagan bien.

No quería saber los detalles, pero todas las palabras de Isidoro eran justo lo que necesitaba escuchar; que él se iba a encargar de todo y que lo iba a hacer bien, a su tiempo. La concordancia de ambas voces devino un regalo celestial. Entre los dos, le dieron tanto alivio, ya no tenía que sentirse atada a la casa o al lugar. De allí en adelante, plasmaba por dentro todo lo que guardaba el santuario y la historia de la casa para llevárselo consigo.

*　*　*

Fue en unos de sus viajes a Doña Ana cuando conoció a Carmen. Se había ido sola aquella vez, pues Tina tenía una reunión familiar con sus abuelos maternos. Llegó a la casa como acostumbraba hacer, tocando y pasando a la sala, cuando María Eugenia se la presentó.

—Josefina, ¿eres tú, mi querida?

—¡Hola, tía! ¡Sí, soy yo! —reaccionó, sorprendida por la persona que estaba a su lado.

—¡Qué bueno que estás aquí! Mira, te quiero presentar a mi hija. Se llama Carmen.

Se quedó boquiabierta ante aquella novedad, no sabiendo cómo reaccionar.

—Ella es mi sobrina Josefina, la hija de Jacinto y Juana.

Allí estaba una mujer que se veía un poco mayor que Juana, no tanto, quizás hubiera tenido la misma edad de su padre. Ella se levantó y llegó directamente con ella.

—¡Mucho gusto conocerte, he oído mucho de ti!

—¡Hola!

—Deja que te ayude con la comida.

Josefina empezó a desempacar las viandas y pasárselas a ella.

—Muchas gracias por todas las delicias que le traes a mamá.

Le dijo mamá, como si fuera una costumbre de cada día o de toda una vida.

—Claro. Mi mamá Juana hornea todo el pan dulce. Los huevos y la fruta son de nuestro huerto.

—Gracias a tu familia por la casa que le hicieron, ella está muy contenta y feliz.

—Fue su hermano, mi sobrino mayor, quien me hizo la casa aquí en Doña Ana.

—¿En dónde vives, Carmen? —le preguntó, buscando cosas de qué hablar con ella, temiendo al instante que la pregunta hubiera sido desmedida, pero Carmen la tomó bien.

—Aquí en la villa con mi familia. Tenemos una casa por el camino Abeita. He vivido aquí desde que yo recuerdo.

—Fíjate que me la quitaron cuando nació… Me quitaron a mi hija. Su papá había muerto, pero se la llevaron a vivir con su familia, con su abuela del lado de su papá ¿y con quién fue la otra?

—Con mi tía Juanita.

—Con su tía del lado de su papá. Mi hija fue criada por su abuela y por su tía y vigilada por toda la villa, mientras que el patrón me mantuvo apartada de ella. Él no estaba de acuerdo con que yo tuviera a mi propia hija; me tenía prohibido ir a verla, siempre amenazándome con castigos. Yo tenía que seguir con mis obligaciones, aunque me sabía su horario. Tenía que salir sin que se diera cuenta para ir a verla; siempre tenía que ser muy rápido y con mucho cuidado, porque sabía que iba a haber consecuencias para Carmen y para mí si me pescaba.

Josefina se quedó callada, no sabiendo qué decir, no buscando la forma de vincular todo lo que sentía a sus pensamientos, aún más lejos de poder acertar con palabras. Era un sinsentido que le hubieran estado dando las gracias a ella tras todo lo que pasó. María Eugenia la había criado a ella, a sus hermanos y a su padre, y no a Carmen, no a su propia hija.

—Todo cambió cuando murió el patrón, entonces empecé a tener la esperanza de que un día la suerte nos iba a reunir a las dos.

—Lo siento. Siento mucho que tuvieran que pasar por todo esto —fue y le dio un abrazo.

—No te lamentes, mi querida Josefina, si tú también has pasado por mucho y, sin embargo, aquí podemos estar todas juntas y agradecidas por tenernos en vida.

Allí estaban todas las huellas del trauma ancestral, todas las costumbres y las lecciones de vida, las manchas de la colonización que ahora la llevaban a agradecer en vez de reclamar injusticia.

—¿De dónde sacaste tanta valentía y fortaleza para seguir adelante?

—De ustedes —dijo sencillamente—, de toda mi familia de los dos lados.

—Muchas gracias, tía, por todo lo que nos has dado en vida.

Carmen y Josefina terminaron de guardar la comida. Entonces se pasaron al patio con languidez, donde se sentaron por un rato, platicando y conociéndose un poco a la vez. Ella tenía tres hijos y varios nietos. Dos de sus hijos se habían ido a vivir a El Paso, pero uno aún vivía en la villa. Él era albañil. También tenía varios nietos, el mayor de ellos iba a la escuela.

Josefina tenía que estar pendiente de la hora porque había viajado sola, así que se despidió de ella con tiempo para regresar a Las Cruces antes de que oscureciera. Antes de irse, le prometió llevarla alguna vez a conocer a su mamá, y a traerles bastante pan dulce en su próxima visita.

* * *

Todo pasó tan rápido que se perdieron la mayoría de los detalles entre las grietas vertiginosas del tiempo discurrido. Se lo llevaron apresurados al Hotel Dieu, el primer hospital general que había en El Paso, no sabiendo cuál era la raíz de la enfermedad que lo hacía gemir y revolcarse de unos dolores agudos tan extremos. Iban acompañados por un doctor y un fiel amigo, a quienes les confesó muy apurado los pecados de vida que más le pesaban, mientras que se desplegaban todas las medidas posibles para salvarlo. El apéndice se le reventó antes de que lo pudieran operar. Apenas tenía treinta y dos años.

Tras la muerte de Maximiliano, el silencio obligado y la espera, Juana decidió que ya era tiempo de intervenir y poner fin a la guerra familiar. Tarde o temprano, era cuestión de vida que se tenía que hacer. Llegó con Josefina para pedirle su ayuda con el detalle de plasmar la tinta sobre el papel.

—Escribe, por favor, sin juzgar, sin burlarte demasiado de mí.

—¡Mamá! Pero tú puedes escribir.

—Sí puedo, pero soy muy torpe y muy lenta y tú lo puedes hacer mucho mejor que yo. Ahora…

*Lunes.*

*¡Hijo mayor! ¡La tristeza tan ardua de extrañar a Jennie y a Maximiliano, de extrañar a tu padre y a tus hermanitos de siempre, no se compara con el esplendor de la vida eterna que nos espera a todos! Ya que solamente los tengo a ti, a Catarino y a Josefina como hijos en esta vida, quisiera poner fin a esta vil ruptura innecesaria que nos ha desparramado a todos. ¡Hemos sufrido demasiado! Por eso hay que arreglar el desacuerdo y deshacer la ruptura con tu querido Catarino, tu*

*hermano de siempre. Para unir a la familia y restablecer el núcleo de nuestro amor, que siempre ha sido tan fuerte. Piénsalo bien… ¡Esta vida es instantánea! Hay que hacer desde ya lo que nos toca hacer para no caer desprevenidos por una muerte repentina con todo lo que está en juego el día de morir, cuando cada sentimiento y juicio, cada arrepentimiento mal atendido, cada declaración que fue la última, se convierte en infinidad ante las demás almas que se quedan entristecidas por no saber lo que le faltaba al otro por decir. Hay que hacer las paces con Catarino y tenerlo de nuevo en la familia y en tu corazón. ¡Familia! ¡Eso es lo que somos!*

> *Con todo el amor eterno de tu madre.*
> *Escrito por Josefina.*

Envolvieron la carta en un sobre y se la llevaron a su oficina. Josefina entró discretamente y dejó el sobre con uno de sus socios para que se lo entregara. Entonces se fueron las dos de paseo para disfrutar la tarde, llegando caprichosamente a *La Güera* por unos tamales, chiles rellenos con frijoles refritos y limonadas, pagando 70 centavos por todo, en indulgencia plenamente merecida. Para cuando regresaron a casa, ya les estaba esperando la respuesta.

> *Lunes.*
> *Tan querida y amada madre [y Josefina],*
> *Cuenta conmigo, que yo lo haré.*
> *Eternamente agradecido,*
> *Isidoro.*

¡Juana no podía contener su emoción al leer la noticia! Se fue corriendo por todo el vecindario a buscarlo, llegando primero a la oficina y luego a su casa, donde lo pescó a punto de cenar.

—¡Hijo, me siento tan agradecida! ¡Muchas gracias por este regalo tan enorme que me has dado! ¡Ya sabía que podía contar contigo! ¡Qué dichosa soy de tenerlos a ti, a Catarino y a Josefina en mi vida! ¡Somos la mejor familia!

No hubo nada de resistencia cuando Juana llegó a pedirle lo mismo a Catarino. Ya era tiempo.

* * *

*"El viernes pasado hizo nueve años de que el distinguido ciudadano Honorable Jacinto Armijo de Las Cruces, padre del actual y eficiente Secretario de Pruebas, Honorable Isidoro Armijo, en un instante de desesperación cometió suicidio, acto que llenó de consternación a la población entera, por ser esta persona bien querida y apreciada por todos."*

* * *

Un día, Josefina estaba en el despacho de la primera compañía telefónica de Las Cruces, hablando con la operadora, la señorita Soto, cuando entró el dentista cuya oficina colindaba con el despacho.

—Señoritas, ¡buenas tardes!, ¿les puedo pedir la gracia de un enorme favor? Estoy esperando a dos dentistas en mi oficina y es importante que no se vayan. ¿Los pueden esperar y dar la entrada a mi oficina cuando lleguen?

—Claro que sí, doctor.

—¡Muchas gracias! No tardo en regresar. Los dos dentistas vienen de lejos y acaban de recibir su doctorado. ¡No saben nada de Las Cruces!

Josefina y la señorita Soto se la pasaron riéndose, imaginando cómo iban a ser. Tiempo después, precisamente en el momento en que se habían distraído del asunto, empezaron a escuchar el crujir de los escalones de madera.

—¡Han de ser ellos! —exclamó, mientras se acercaban.

—¿Cuál quieres tú, el más alto o el más bajo?

—¡Ja, ja, ja! Te dejo tomar el más alto, porque eres más alta que yo.

El más alto no fue tan de su agrado, pero al tercer día, el más bajo le habló a Josefina por teléfono, ubicándola con la ayuda de la señorita Soto. Se emocionó tanto que se fue corriendo a la casa de Annie para contarle todo.

—¡Me habló a la casa de mi hermano! ¡Dice que quiere salir conmigo!

—¡Josefina!

—¡Me invitó al teatro!

—¡Qué alegría, amiga!

—Necesito tu ayuda… Es que tiene a su amigo, el otro dentista. ¡Tienes que venir conmigo!

—¡Espera, amiga! ¿Cómo se llama tu dentista?

—Mi dentista, ¡ja, ja, ja! Se llama Ernesto.

—¿Y el otro?

—No me acuerdo.

—¡¡Josefina!!

—¿Entonces, puedes venir conmigo?

—¡Lo haré solo por ti!

Ese sábado, los cuatro se subieron a un carruaje que los llevó de paseo entre Mesilla Park y el centro de Las Cruces, antes de llegar al teatro. El más alto tampoco fue del agrado de Annie, pidiéndole que se casara con él tras una sola noche de conocerla.

—¡Si mi padre todavía estuviera vivo, de seguro que lo hubiera matado! —le comentó ese domingo a Josefina.

—¡Ja, ja, ja! ¡Ya sé!

—¡Pero me encantó Ernesto! ¡Fue tan respetuoso y sincero! ¡Un verdadero caballero! Y esos ojos irlandeses que tiene, casi transparentes… ¡Está totalmente enamorado de ti!

—¡Muchas gracias por acompañarme, Annie! —le sonrió.

El príncipe de Josefina había llegado a Las Cruces.

* * *

*El deshacerse del reloj la entregó al río de antes…*

—¿Crees que vamos a extrañar…?

La pregunta ocupó el tiempo espacio como un cubo en el aire, permaneciendo ante la corriente, que seguía tallando las orillas sin cesar.

Todos los días recientes, Josefina y Juana se habían entusiasmado por lo que venía. Había tantas cosas que hacer. Conseguir el vestido de novia, darle orden a la casa, empacar todo lo que les pertenecía, tomar decisiones, hacer visitas, hacer el pan dulce, atender lo de Maximiliano, delegar obligaciones, obsequiar pertenencias de generaciones, el ganado, todos los libros y papeles que aún estaban en la casa, revisar el santuario de Jennie. A través de todo, contaban con

185

la ayuda y el apoyo incondicional de Isidoro y Diego, quienes estaban allí para darle continuidad al patrimonio familiar y encargarse de todo lo que se iba a quedar en Las Cruces, más allá de su mudanza.

—¡Dos semanas, solamente faltan dos semanas! — exclamó Josefina esa mañana, despertando de un salto.

Ya llevaba la cuenta de los días desde hacía un tiempo. Sentía la fecha acercándose cada vez más, con la misma certidumbre que generaba cada tren que llegaba a la estación de Las Cruces.

—Buenos días, mija. El pan ya está listo.

—¡Qué rico se ve! Yo me voy a pasar por el huerto.

A pesar de todo lo que tenían que hacer, decidieron tomarse el día para apartarse del desorden en la casa y el bullicio de Main Street, y hacer el *picnic* que habían planeado entre las dos desde hacía un rato. Cuando ya habían juntado todo lo que querían llevarse, se subieron a su carreta, tirada por dos burros, y se encaminaron hacia el Río Bravo. Todo lo que veían durante el camino empezaba a generarles sentimientos de familiaridad y nostalgia. Allí estaban todas las personas que solían ver, que ya no sabían cuántas veces más iban a poder saludar o hablar; allí estaban todos sus lugares favoritos, los talleres, restaurantes y hoteles, allí estaban la escuela, los perros callejeros y todos los conocidos.

—¡Ya se nos va el tiempo, mamá!

—¡Sí! El reloj siempre ha sido muy lento aquí, ¡ahora parece ser todo lo contrario!

Cuando llegaron, dejaron los burros cerca del agua y se sentaron sobre una manta de algodón en la ribera. Josefina llevaba una falda oscura, una blusa de manga larga y su peinado en un moño, Juana un vestido amarillo, con el mismo peinado más suelto y un adorno sencillo sobre su cuello. Más allá de sus rasgos físicos, los ojos profundos y la nariz celestial, era la belleza radiante de las dos lo que hubiera debilitado cualquier intento de disimular que eran hija y madre. Sacaron el pan dulce y los duraznos, ambos regalos de su huerto y empeño.

—¿Cuáles son tus primeros recuerdos?

—¿Mis primeros recuerdos de qué?

—De vida.

—¿De vida? Ay, Josefina, lo tendré que pensar… ¡Recuerdo que recordaba muchas más cosas!

—¡Ja, ja, ja!

—Es que, si pienso en mis primeros recuerdos de vida, ya no son recuerdos directos de un acontecimiento, sino recuerdos de cómo los recordaba antes.

Empezó a decirlos al ritmo en que le venían a la mente. Allí estaban los muebles de la casa, que la asombraban por sus enormes dimensiones; allí estaban el espejo y los joyeros de su mamá. Recordaba el perro de Diego, que siempre se agitaba y ladraba cuando llovía. Su hermana *Poeta,* que se emocionaba por cantarle a cada uno en su cumpleaños. El nacimiento de su hermano *Delirio* y cómo jugaban con él en su cuna, unos caballos de madera.

—Recuerdo cuando jugaba con Jennie cuando estaba chiquita. Nos gustaba vestir a las muñecas y luego acostarlas en su cuna para que pudieran dormir.

Josefina sonrió.

—¿Hasta dónde llegaríamos con una lancha, con viento y con tiempo, mamá?

—Llegaríamos más allá de donde el río se abre y devuelve y deviene frontera… Fíjate, nos queda tanta vida por delante, hija. ¡Qué bonito sería tomar el río hasta su fin!

—¿Acaso tiene fin o es infinito?

—¡Es el reloj de la naturaleza! Imagínate todos los secretos antiguos que guarda el Río Bravo.

—¿Qué piensas que habrá río abajo?

—No sé, pero ahora se está acercando nuestro tiempo para partir. ¡Piénsalo bien! Ya no habrá tareas o quehaceres cotidianos o de vida en Las Cruces… Pronto habremos atendido todos nuestros pendientes aquí.

Pasó una lancha lentamente frente a ellas, cuyo marinero navegaba los caprichos del agua con calma.

—¿Qué es lo más lejos que has estado?

—Chihuahua, Chihuahua. Iba con mis papás cuando era una niña. Pero era distinto entonces, era un viaje de muchos días por el Camino Real y muy peligroso; había un enorme mercado allí.

—Yo solamente he ido a El Paso y aquella vez que mi padre me llevó con el tren a Santa Fe. ¡Qué bonito viaje! La capital estaba llena de energía y de gente. ¡Era muy bonito porque solamente éramos nosotros dos!

—¡Cómo te quería tu padre!

—¡Cómo quisiera presentarle a Ernesto, que se conocieran! Creo que se llevarían muy bien…

—¡Sin duda que sí!

—Lo voy a extrañar mucho en la boda…

—Él siempre estará a tu lado, mija, cuenta con ello.

Josefina tomó un palo rojo y empezó a trazar en la tierra.

—¡En dos semanas nos vamos ya en el tren! Ernesto ya nos consiguió una casa y ya está todo listo para cuando lleguemos.

—¡Qué bonito suena eso! Aunque todavía no lo puedo pensar… nos queda mucho que hacer antes de irnos.

—No te preocupes de la casa, mamá, para eso está Isidoro.

—Alguien debería de abrir los baúles de Maximiliano. ¿Quién sabrá lo que hay adentro o qué sorpresas nos esperan?

—Déjamelo a mí… Yo te puedo ayudar con eso.

—Necesito ir a Doña Ana para despedirme de María Eugenia. También quisiera visitar a mis amigas del vecindario.

—Primero lo primero, ve a Doña Ana mañana, mientras yo le sigo dando en la casa. ¿O quieres que vaya contigo?

—No, ya le dije a Tina que la llevaría conmigo.

—¡Bueno! No te preocupes por lo demás.

—¡Gracias, mija! Así lo haré.

Todo lo que hablaban correspondía a una verdad muy profunda y fundamental para las dos. No eran las añoranzas inocentes o comunes de la época o la edad. Eran añoranzas profundamente merecidas, nutridas por todos los años de trauma heredado y colectivo, por tantos días sonámbulos y noches en desvelo, recientemente animadas por la esperanza de por fin, por fin, por fin poder dejar su tierra natal en un abandono bien meditado.

—¿Crees que vamos a extrañar Las Cruces?

—No lo puedo saber. Por primera vez en mi vida, siento que ya no hay nada que nos detenga aquí.

—Yo no temo extrañar.

—Si llegamos a extrañar, esa añoranza será una nostalgia tan dulce por toda esta belleza cristalina que nos rodea.

—¡Sí!

—Por el otro lado, no nos podemos arrepentir. ¡Hemos sufrido demasiado! Yo solamente agradezco a toda la eternidad que me lleves contigo.

—Siempre estaremos juntas, mamá, eso sí. Te lo juro de todo corazón.

*"Tienen por fondo en el oriente los sin igual y caprichosos órganos, montañas inimitables y de múltiples tintes. Al poniente, baña tu perfil el histórico Bravo, cuyas plateadas aguas hacen reflejar tu silueta, a la caída del sol en el ocaso."*

* * *

Dedicado a Jennie, la princesa de Las Cruces.

* * *

Hubo una cascada de disparos de orígenes dispersos en el centro de Las Cruces que involucraron el acecho inmediato del nuevo sheriff de Doña Ana. Mandó apresuradamente a su grupo en busca de los asesinos repentinos, instalando una guardia de seguridad a la entrada del salón para vigilar la ceremonia que se llevaba a cabo esa noche. De pronto, empezaron a circular los rumores de que habían muerto entre dos y cinco personas, y que los asesinos se habían desvanecido entre las sombras de la noche, prófugos de la ley.

—Pasen con confianza —les decía la guardia a todos los invitados.

Esa noche se celebraba en grande el matrimonio de Josefina y Ernesto. Habían logrado ubicar al juez supremo de todo Nuevo México, el venerable Francis Parker, para presidir la ceremonia, empleando todos los modos disponibles: telegramas, jinetes, mensajeros, las vías telefónicas y ferrocarrileras para asegurarse de que le llegara la noticia a tiempo. Todos los amigos y familiares fueron invitados a la fiesta. Había un sinfín de carruajes que seguían llegando esa noche para dejar a los invitados en frente del salón, sus corazones acelerados por la tempestad y el vaivén.

Los vendavales llegaron feroces. Poco más allá de la fiesta, todos los ecos festivos del primer centenario de la Independencia de México se ralentizaron, dando la entrada a las fuerzas vertiginosas, ya sobrepasadas y vertidas en su siembra, que estaban a punto de estallar en Revolución a través de todos los ejes.

—¡Catarino!

—¡Isidoro, mi más querido!

—¡Tan, tan, tan querido hermano!

Isidoro y Catarino llegaron directamente a envolverse en un abrazo de años. Era un encuentro que no carecía de palabras. La emoción de verse habló por los dos, dejando claro lo que la reunión significaba para ellos, en la estela de la muerte de Maximiliano y la brecha entre ellos que lograron superar.

—Hermano, te quiero presentar a mi querida Jane.

—Un gran gusto y honor conocerla, Jane.

—El gusto es mío.

—Me da tanta alegría verlos juntos y felices, desde el fondo de mi corazón les deseo todo lo mejor hoy y siempre.

—¡Muchas gracias, hermano!

—¿En dónde está Dolores? ¡La quiero conocer por fin!

—Dolores regresó a Chihuahua con su familia —aclaró, cambiando sin querer de tono—. Me escribe seguido… Saben, ¡todavía no conozco a mi hijo!

—¡Perdón, no lo sabía! —reaccionó Jane, no disimulando su inquietud—. ¿Pueden estar seguros en México?

—Algo está pasando… ¡El padre de Dolores se ha unido a las fuerzas de Pancho Villa! ¡Parece que la cosa se está intensificando por mil cada hora!

—¿Pero todavía se puede ir a Chihuahua?

—Por el momento sí… Los trenes van y vienen todo el tiempo.

Le entraron con entusiasmo a la cena y al baile, mientras se filtraban los últimos rumores de que los asesinos se habían integrado a la fiesta; de seguro que allí estaban disfrazados entre todos los invitados, disfrutando de las mismas copas. También hubo una concordancia de almas que solamente se iba a ver una vez en la vida, entre todos los familiares de Nuevo México y el muy noble y distinguido Ernesto Samuels. Entre tanta cosa, Annie y Josefina consiguieron un hueco para hablar entre las dos.

—¿En dónde están todos los familiares de tu marido?

—¡No vinieron!

—¿Por qué no?

—Brotó un escándalo repentino en su familia. Es que ellos son protestantes y se les hizo difícil entender que se iba a casar con una católica.

—¿En serio? ¡Si ni eres tan católica!

—Sí… Sabes, yo he pasado por todo esto con mis hermanos… Protestante, católico, republicano, demócrata…

Yo le dije, ¡no vale la pena romper lazos familiares por estas diferencias!

—¡Ay, Josefina!

—En fin, el amor es lo que más cuenta, Annie. ¡Por eso soy feliz!

—¡Qué bella eres! ¡Estás luciendo pura felicidad!

—¡Gracias! ¿Cuándo te vas a California?

—Pasado mañana.

—¡Hay que escribirnos, todo el tiempo!

—¡Sí! ¿Ustedes cuándo se van?

—En una semana nos vamos para hacernos una vida entre los tres...

—¡Qué emoción! ¡Y qué bonito que se van a llevar a tu mamá! ¡Ella estará tan feliz con ustedes!

—¡Gracias, Annie! Ya te escribiré para contarte todas las aventuras... ¡de la nueva frontera!

—¡Ja, ja, ja! ¡Y yo de California!

Catarino aprovechó para felicitar a Josefina y Ernesto una vez más, y luego pasó a ver a todos sus amigos y familiares. Lo hizo con toda la diligencia y esmero que se merecía. Ya logrado eso, dio un último recorrido por la fiesta y se salió sin despedirse, adentrándose en la noche y la incertidumbre de la Revolución, regido por su reloj interior que lo llamaba con toda urgencia a México a buscar a Dolores y a su hijo.

No fue hasta muy avanzada la noche cuando Isidoro encontró a Juana en un rincón del salón. Se le acercó, aprovechando la oportunidad de hablar con ella.

—Se está armando una delegación para la convención constitucional en Santa Fe —le declaró por primera vez—. Y yo seré el representante de Las Cruces.

—¡Qué noticia tan maravillosa, Isidoro! ¡No hay persona más digna y noble de representarnos!

—Si un día llegamos a ser un estado —lanzó directamente lo que había preparado por mucho tiempo—, necesitamos asegurar los derechos de todos los nuevomexicanos. Somos una gente tan diversa de nativos, españoles, mexicanos, estadounidenses… Necesitamos basar la constitución en los principios más importantes que hemos aprendido, de Lincoln y de Juárez, tras tanta sangre derramada y batalla, sobre la soberanía, la emancipación y el respeto al derecho ajeno.

—¡Isidoro! —interrumpió Juana sin poder detenerse—. Confiamos tanto en lo que procuras hacer… Todo a lo que vas es mucho más grande que tú o que cualquier persona.

A Isidoro le llegaban las palabras, entre la conversación con Juana y en su mente, tras todos los días en que había repasado las raíces y los motivos de lo que realmente sentía que se necesitaba hacer, ensayando lo que iba a decir en Santa Fe.

—La vida nos obliga a todos… Es la condición universal que heredamos, las enseñanzas y las cadenas del pasado, lo bueno y lo malo… Lo esencial es derivar de allí una visión muy clara para todo Nuevo México.

—Tu padre estaría tan orgulloso de ti, tanto como lo estoy yo, mijo.

Isidoro sonrió, enormemente agradecido al escucharla decir eso. Surgió una repentina emoción por dentro que lo llevó a lagrimear frente a su madre, cosa que ella notó en su destello. Se talló los ojos cuando llegaron Josefina y Ernesto para unirse a ellos. Ya pasada la medianoche se abrazaron espontáneamente, irrumpiendo en elogios, agradecimientos, carcajadas y los mejores deseos e intenciones que los iban a acompañar para siempre.

* * *

*"…los enemigos de nuestro pueblo no van a conseguir el atropello de nativos, quitándoles el derecho de ciudadanía Americana, pues en la Convención Constitucional, el vocal Honorable Isidoro Armijo, redactó y presentó ante dicha convención una noble ley e idea, la cual fue adoptada unánimemente, que incluye el tratado de Guadalupe Hidalgo como parte de la Constitución [de Nuevo México]."*

# CINCO

*…a cuando estuvo con ella en los albores de su afán.*

A Josefina le quedaban pocos días en Las Cruces, pero sí tuvo tiempo de hacer un último viaje a Doña Ana con su sobrina para visitar a María Eugenia, sabiendo que esa tarea la iba a continuar haciendo con esmero y dulzura la familia de Tina.

Ya estaban muy acostumbradas al viaje. Llenaron la carreta de cosas y partieron hacia el norte por unas calles de tierra que iban paralelas al río y a las vías del tren, toda la arteria que antes era sencillamente el Camino Real. Cada vez que Josefina iba a Doña Ana había personas que la reconocían o que llegaban a saludarla y preguntar por su familia. Siempre le contaban historias de la villa de su niñez, cuando Jacinto y Estevanico se la pasaban corriendo y jugando entre las sombras de las casas.

—Recuérdame otra vez tu nombre —le dijo aquella vez un señor entrado en la vejez.

—Yo soy Josefina Samuels Armijo y esta es mi sobrina, Tina —le dijo, con el corazón abierto, luciendo todo el resplandor de su boda y la anticipación de viajar.

—A ver, sí, entonces tú eres Josefina y tú eres Tina.

El señor era muy bajo, chimuelo, con la espalda encorvada y la cara arrugada. Llevaba un sombrero de paja. Sonreía mucho.

—Yo conocí a toda la familia Armijo… Yo conocí a tu papá y a tu abuelo y a tu abuela. Y a tu bis… A ver, qué soy yo, fíjense que yo soy bisabuelo.

Las dos le sonrieron mientras escuchaban atentas todo lo que les decía.

—Yo vivo en esta casa, detrás de nosotros, con mi nieta y mis bisnietos. Recuérdame, ¿quién de tu familia está aquí en Doña Ana?

—¡Nuestra tía, María Eugenia!

—A ver, sí, yo la recuerdo. ¿Y en qué casa está ella?

Llegaron a saludarla con abrazos muy cariñosos y luego le entregaron la bolsa de tabaco *Bull Durham* que siempre les pedía. La tomó y trabajó con las manos para cargar y encender su pipa. Para entonces, María Eugenia ya se había quedado ciega, ciega.

Enseguida llegó Carmen. Todas la saludaron con mucho cariño y luego ella recibió la comida de Josefina y Tina, guardándola bien en su lugar en la cocina, que estaba muy obscura. Cuando Carmen regresaba a la luz exterior resaltaba el lunar café en su iris que lucía cierta calidad inagotable de juventud, un destello que no iba a ser mitigado por la edad.

—Les trajimos unos tamales, tía, más el pan dulce de mamá Juana, unas empanadas, tortillas y un pastel.

—Gracias, querida. ¿Cómo se encuentra Juana, mi reina?

—Está muy bien, ocupada empacando todo en la casa, pero muy emocionada por lo que viene. Te manda saludos con todo su amor.

—¿Ya pronto se van?

—Ya pronto nos vamos, tía, para hacernos una nueva vida. Pero no te preocupes, Juana le pasó todas sus recetas a Tina, para que ella les siga trayendo el pan dulce.

—Qué bonito suena eso. Les voy a desear todo lo mejor en sus viajes, querida princesa.

—Muchas gracias, tía.

Entonces se sentaron en el banco con ella, enfrente de su casa. Ya sabían mucho de María Eugenia. Que ella era una apache; que fue acogida en un remolino y movida entre una cadena de personas y detalles olvidados, que llegaron a entregarla a Bernabé. Que cambió todo su destino, sin saber, aquel día que no salió para conocer a José Ysidro. También se sabían toda la historia de Jesús, pero les encantaba escucharla cada vez que la visitaban. Siempre había algo nuevo, una improvisación o algún detalle que María Eugenia añadía o cambiaba con cada narración.

«Había un pastor del Rancho Armijo que se llamaba Jesús. Una vez llegó solo al rancho, abrumado por la intemperie y agotado físicamente, pasando a uno de los patios interiores. Jesús había pasado toda la noche, que estaba recién nevada y despejada, bailando en el desierto para no congelarse de tanto frío que hacía. De repente escuchó algo curioso en la tierra que lo hacía sonar vacío. Allí empezó a cavar, bajo la luz de la luna llena. Cavó nieve y cavó tierra hasta que se topó con un baúl. ¡Qué suerte para Jesús! ¡El baúl estaba lleno de tesoros de La Gran Quivira! Era muy bien conocido que los sacerdotes de antaño habían sido masacrados por una de las tribus, pero uno de ellos logró escapar y enterrar los tesoros que le pertenecían, entre ellos un cáliz dorado y una multitud de adornos de oro y de plata. Era mucho para que Jesús se lo llevara solo, sin arma para defenderse, sin herramientas, sin nada. Así que encendió un palo y con ese hizo un mapa en una piel de oveja, ubicando con precisión el tesoro respecto a las montañas y los pinos cercanos. Volvió a enterrar el tesoro y corrió al Rancho Armijo para darle el informe a don Ysidro. Los ojos del patrón se hicieron enormes. ¡Qué emoción que había en el rancho! Al tercer día, armó una caravana de vagones y los mandó ir por el tesoro, guiado por el pastor Jesús con su mapa, todos fuertemente armados.»

María Eugenia dejó de hablar, se levantó y se pasó con cuidado a su recámara donde guardaba muchas cosas dentro de un cofre. Carmen siempre le mantenía el cuarto muy obscuro, para que no se sobrecalentara. Allí pasó un tiempo, buscando con las manos entre todas las cosas, hasta que dio con el mapa de Jesús. Entonces regresó al banco, cargó su pipa y continuó la historia con Josefina y Tina sentadas a su lado y Carmen sentada en una silla frente a ellas. Cada vez les pasaba lo mismo. Siempre caían hipnotizadas, perdiéndose en la profundidad del mapa, que todavía estaba legible tras todos los años pasados.

«¿En dónde iba…? Todo esto pasó hace mucho, mucho tiempo. Yo era muy joven entonces, yo iba sentada al lado de Jesús. Todo iba bien con la caravana, llevábamos días de viaje, cuando de repente nos envolvió un ataque feroz que pareció surgir de la nada. ¡Habíamos caído en una emboscada tremenda! El ataque acabó con todos los miembros de la caravana, ¡salvo que a mí no me pasó nada! ¡Fíjense nomás! Tomé el mapa de las manos congeladas de Jesús y hui. Todavía tenía algún conocimiento de la tierra, que había aprendido de mi cultura de infancia, que me permitió lidiar con los desafíos. Caminé y caminé por mucho tiempo. Yo estaba agotada y hambrienta, con las prendas rotas, los pies ensangrentados de todos los cadillos, espinas y piedras que había pisado. Por fin llegué al Rancho Armijo. ¡Entonces supe que estaba a salvo! Llegué con don Ysidro para darle el informe de la emboscada y para que me pudieran alimentar y sanar de todas mis heridas, sin decirle nada más del mapa. Hubo mucha tristeza en todo el Rancho Armijo por mucho tiempo debido a esa masacre.»

Así se los contó aquella vez. Era una mujer sabia y anciana, desvinculada hace 100 años de la nación apache en que había nacido, una vez acogida y sometida a la trata de personas, obligada a trabajar, privada de su libertad, cargada de eufemismos que ocultaban la verdad, nuevamente perteneciente a la nación genízara que reclamaba conciencia de las historias de todas las personas como ella, María Eugenia Armijo, la madre de Carmen, tía de todas las generaciones.

# LA CONSTITUCIÓN DEL ESTADO DE NUEVO MÉXICO

Adoptada por la Convención Constitucional, tenida en Santa Fe, N.M., desde octubre 3 a noviembre 21, de 1910.

ARTÍCULO II. Cédula de Derechos. Sec. 5.

Los derechos, privilegios e inmunidades, civiles, políticos y religiosos, garantizados al pueblo de Nuevo México, por el tratado de Guadalupe Hidalgo quedarán preservados e inviolables.

# VELADA DORMIDA
## POR ISIDORO ARMIJO

SOBRE dorado catre, Jennie reposa, con sus manos de nacer entrelazadas bajo su cuello, y sus redondos, blancos brazos hacia los dos lados, sobre la almohada.

SUAVES, azules sedas su cuerpo cubren, y delinean sus bellas formas.

VELA sus gruesas trenzas hermosas de blancas, ricas, flotantes gasas, como la niebla…

Algún ensueño plácido y dulce la entretiene con sus promesas falsas y gratas; porque en curva flor de sus labios una sonrisa se esfuma, y un ligero temblor que revela un esfuerzo, se percibe en su pecho, como uno que viera, en un mágico trance, a las hadas danzando en los bosques del alma.

# OBRAS, FUENTES Y REFERENCIAS


Apachería por Gorka Alonso (https://apacheria.es/).

Aranda, Daniel D. "Apache Depredations in Doña Ana County: An Incident in Victorio's War." Southern New Mexico Historical Review, Doña Ana County Historical Society Volume III, No. 1, Las Cruces, New Mexico, January 1996.

Gibson, Carrie. "El Norte. The Epic and Forgotten Story of Hispanic North America." Atlantic Monthly Press, New York. 2019.

Melendez, Gabriel A. "Contesting Social and Historical Erasure: Membership in La Prensa." (1994).

Owen, Gordon. "Las Cruces New Mexico: Multicultural Crossroads." Revised Edition, 2005.

Stoes, Katherine D. "Hat Enters Political Life, as Isidoro Armijo Leaves Name to Cruces Street." Las Cruces Citizen, March 25, 1954.

New Mexico State University Library Archives and Special Collections. Isidoro Armijo Family Papers, 1845-1987. Ms 0457.

Las Cruces Railroad Museum, 351 N Mesilla St. Las Cruces, NM 88005.

Sesenta Minutos en los Infiernos por Isidoro Armijo. La Revista de Taos. Viernes 6 de mayo de 1921.

Velada Dormida por Isidoro Armijo. La Revista de Taos. Viernes 26 de mayo de 1922.

Isidoro Armijo (1871-1949) por Ernestine A. Armijo Evermon.

El Ancón de Doña Ana.

El Tratado de Guadalupe Hidalgo.

La Constitución del Estado de Nuevo México.

Tenoch Barcelona: Poesía e Historias. © 2021-2025 por Tenoch Barcelona. Todos los derechos reservados.

Periódicos de la época:
El Eco del Río Grande
El Eco del Valle
El Progreso
El Tiempo
La Estrella
La Flor del Valle
La Revista de Taos
La Verdad

La Voz del Pueblo
El Paso Herald-Post
Mesilla Valley Democrat
Santa Fe New Mexican
Taos Valley News
The New Mexican Review

# AGRADECIMIENTOS

Quisiera agradecer de manera especial a mis familiares que contribuyeron directamente a esta obra sin saberlo, especialmente: Ann Samuels, por encomendarme la caja de nuestro patrimonio familiar y por todas las palabras compartidas durante la pandemia; el tío Neto, por todas sus entrevistas geniales con Josefina, que me abrieron el portal al pasado. Que descansen en paz.

Muchas gracias a todo mi equipo: A mi editora, Lorena Díaz Morales (Hablando de Letras), por toda su diligencia, cuidado y atención al manuscrito. A Nuno Moreira, por su imaginación y creatividad, el diseño de la portada y su máximo destello.

Muchas gracias a aquellos que me han inspirado tanto a través de los años: A Rodrigo Llop (Azul Chiclamino), por el café, el taller y por vislumbrar todo el camino. A Carolina Guerrero y Daniel Alarcón y todo el extraordinario equipo de El Hilo y Radio Ambulante por su periodismo independiente, por contar las mejores historias de América Latina y por todas las fiestas. A Eduardo Guerrero Bolívar (Crossing City Limits) por toda su amistad, su obra sonora y por el tremendo honor de las papayas chilenas al jugo.

Muchas gracias a mi tía de siempre, Christina Natal, guardiana de todas las historias, y a mi abuela paterna, Alyce Mireles

Samuels, por toda su inspiración, la alberca y por hacernos las mejores hamburguesas en la frontera.

Muchas gracias a mi madre, Sonia Ayala Mireles, por su ayuda repasando el manuscrito, las enchiladas rojas, y todo lo que nos ha dado y enseñado en vida.

Muchas gracias a Christina Anita por el viaje a México, los tacos a su estilo, su sonrisa y por todo su amor a través del infinito.

Por fin, muchas gracias a Anneliese Mireles, cofundadora de Create Sparkle y mi más fiel colaboradora. No lo hubiera hecho sin ti.

# ÍNDICE


Cero ..................................................................... 9

Uno ...................................................................... 12

Dos ...................................................................... 57

Tres ..................................................................... 102

Cuatro ................................................................. 146

Cinco ................................................................... 196

La Constitución del Estado de Nuevo México ........ 201

Velada Dormida por Isidoro Armijo ...................... 202

Obras, fuentes y referencias ................................. 203

Agradecimientos ................................................... 206

# SOBRE EL AUTOR

Escritor, optimista y soñador. Autor de *Entre naciones y sopaipillas*, *Vistazos de la frontera* y *El amor es a tiempo*. Cofundador de Create Sparkle. Sus antepasados cultivaban la tierra de Nuevo México, en tiempo mexicano, cuando la frontera los saltó.

9 798985 230376